藍の空、雪の島

謝孝浩

スイッチ・パブリッシング

藍の空、雪の島

contents

月の章

水の章

装画・扉絵　野田あい

ブックデザイン　緒方修一

藍の空、雪の島

プロローグ

花

都会の雑踏の中、人びとの歩く速度と同じように歩く。それが早すぎるとは感じなくなって、どれくらい経つだろうか。溢れる言葉は、自分を通りすぎ、必要なものだけをキャッチしている。すれ違う人びとの奇異な視線を感じることもなく、群衆のひとりとして遣り過ごしていく。

十年という歳月は、亜熱帯の太陽で焦げた肌を、白くしていた。

初夏の日差しが降り注ぐ朝、藍で染めたような色のエアメールが届いた。差出人の名前は書いてなかったが、そのざらざらした紙の封筒の色と、そこに押された消印の地名から、誰が投函したのか、すぐに察しがついた。

気がつけば僕は外に飛び出していた。高校を卒業してから三年勤めているダンボール工場とは別の方角に歩き出した。久しぶりの無断欠勤だ。同じ職場で働いている両親が心配するかとも思ったが、引き返す気にはなれなかった。

無機質なビル群、そこに伸びるアスファルトの道。人通りは多いのだが、行き交う群衆そのものが、ひとつの風景のようだ。思えばここを歩く時は、いつも肩を落としていたような気がする。小学校の時も、よく授業をさぼって同じ道を歩いたことを思い出した。

大通りから一本路地に入ったところに、わずかに緑の空間があった。小さな公園だ。この国の人たちは、他と同じということに安心感を覚えるようだ。だから違うものが入り込むことに、慣れていなくて、拒絶反応を起こすのかもしれない。

僕は、異物だった。だからこの国で生きていくためには、彼らと同じようになるしかなかった。でも、最初のうちは、どうしていいかわからなかった。どこにも居場所のない孤独な気持ちになることも多かった。そんな時、僕はこの公園にひとりで来た。ビルに囲まれた窮屈な空を見上げることで、気持ちを落ち着かせていた。ここ数年この場所に来なかったのは、僕がこの国に同化したためだろうか。

いつも腰掛けていたベンチは、だいぶ古ぼけていたが、そこに腰を下ろし、ズボンのポケットに手を突っ込むと、ざらざらした封筒の感触があった。

はやる気持ちを抑えながら、封筒を取り出してみる。すぐに読んでしまうのが、もったいないような気がして、視線を上げた。砂場の奥にペンキの剝げた滑り台、そして右手に段差のある鉄棒が並ぶ。見慣れた風景の中に、違和感を覚えた。最近、植えられたのだろうか。鉄棒の後ろに一本の木が枝を広げていた。その木がなぜか真っ白に見えた。目を凝らすと、緑の葉を隠すように、白い小花が埋めつくしていた。まるで雪が積もっているかのようだった。

「スカケウ!?」

僕はその木に近づき、大きく深呼吸をした。

木の幹には『和名：シマトネリコ　モクセイ科』と書かれた木片がぶら下がっていた。見た目は、とてもスカケウに似ている。花の色や形、葉の形もそっくり。でもこの温帯の土地に根を生やすこの木には、あの清冽で気持ちが和やかになる香りはしなかった。

一度、意識の中で求めた香りは、嗅覚を鋭くさせたのだろうか。封筒を開封すると、その香りがどこからか薫ってくるような気がした。すると何かがはじけた。おぼろの月、ドブ川のにおい、洞窟の岩肌の感触、闇の森に響く野獣の遠吠え……。次々と記憶の断片が溢れ出してきた。

月の章

月　光

gekkou

僕は歩いている。一歩、一歩、踏みしめるというよりは、少し足早に跳ねる感じ。いい匂いがする。スカケウの花の香りだ。その清らかな香りに包まれながら、地面を蹴る。日が暮れてからだいぶ経つはずなのに、裸足の足裏からは太陽の温もりが微かに伝わってくる。月が真ん丸に近い。あたりを包む湿った空気が月の光をおぼろに拡げて、前に続く小径《こみち》のかなり先まで見えている。小径のまわりは、鳥の羽を広げたような背の高い葉や垂れ下がった大きな葉が、仄かに白っぽい空に、墨を落としたようなシルエットを作り出している。

僕は歩いている。どんどん、どんどん歩いている。エネルギーが内から溢れ、少しも疲れを感じない。闇に灯る月のおかげで恐怖感もない。月の光に溶け、心も身体も軽くなり、浮遊しているような気持ち。ああ、どこまでも歩いていける。どこまでも、どこまでも……。

「ワンディ、戻りなさい！」

突然、聞きなれた声が、背後から聞こえてくる。とたんに、僕は光から突き放されて、地面にふらふら倒れ込む。

「ワンディ、大丈夫かい？」

母さんの声だ。振り向けば、優しい顔が、心配そうに僕を見下ろしている。

「また、夢を見ていたね。十歳にもなって、寝ぼけるなんて」

夢？　そうか、また夢か。いつの頃からだろうか。寝ている間に、外を歩くようになったのは。

僕の家は、屋根も壁もヤシの葉でできている。長屋のようになっていて、三つの家族が、一枚の壁を隔てて住んでいる。この家に来てもう一年半近くなる。夜になると、父さんと母さん、そして五つ歳上のレビ姉さんが、肩を寄せ合うように横になるのだ。おしっこが近いので、ヤシの葉で編んだ扉のそばが僕の寝る空間だ。僕のスペースは、ほんの少し。でも、家族が一緒だから、すぐに眠ってしまう。

今夜も、僕は母さんの隣で寝ていたはずだ。でも気がついてみれば、僕は、またいつの間にか外を歩いている。どこまでも、どこまでも。

「月に魅せられた悪魔が、ワンディにとりついている」

村人はそう噂をしていると、レビ姉さんが教えてくれた。

僕が外を出歩くのは、いつも月夜の晩だった。

母さんが追いかけてこなかったら、僕はどこまで行ったのだろう。本当に悪魔に食べられてしまうのかもしれない。それとも月明かりに溶けて、僕はなくなってしまうのだろうか。

暈

kasa

あれは二年ほど前、僕ら家族がまだプノンペンに住んでいた時のことだ。ある日、戦車に乗って、彼らは突然やってきた。街に入ってきた彼らはみんな若く、黒い軍隊服に、縞模様のハチマキをなびかせて、ヒーローみたいだった。その黒服たちは、貧しい人をいじめる悪い人たちを、やっつけるために来たのだと父さんから聞いた。僕らが手を振ると、笑顔で手を振り返してくれた。でも次の日から、おかしくなってきた。まず、黒服たちは、街に住んでいる人たちに、街の外に出るように命令した。なんでも悪い人たちが攻めてくるから危ないということだった。黒服たちはすぐに戻れると言っていたのに、そんなのは嘘だった。僕ら家族は、しかたなく黒服たちに言われるまま毎日歩いた。ちょうど一年で一番暑い季節だった。照りつける太陽で、地面はからからに乾いていた。木々の緑も茶色くなっていて、元気がない。ねばっこい空気が身体に纏わりつく。時折、熱風が吹きつけて、目があけていられないほど、塵や埃を撒き散らす。そんな中、朝から晩まで歩き通しだった。食べ物や水を探すのがたいへんだった。わずかな水たまりには、人が群がっていた。やっとのことで父さんが汲んできてくれた土色をした濁った水を、家族で分けて飲んだ。

プノンペンを追い出されてから、いろいろな村を転々とした。そのうちに夕方になると雨が降るようになった。暑い季節が終わって雨季に入ったのだ。真っ青な空が、突然、黒い雲に覆われ大粒の雨が空から降ってくる。僕らは、その雨で身体を洗った。相変わらず歩きづめの毎日だったが、水があるだけで、随分とましだった。村々では田植えがはじまっていたので、歩いている途中で、黒服たちに村人を手伝うように命令された。生まれてはじめての田植えだったので、すぐに腰が痛くなった。おまけにヒルにあちこち血を吸われて泣き出しそうになった。

街とは違って、田舎は独特なにおいがした。腐ったような堆肥のにおい、汚水まみれの家畜、泥臭い川……。さまざまなにおいが僕に纏わりつくようで、息苦しかった。早く街に帰りたい。その思いだけだったけれど、結局、街に戻ることはできなかった。黒服たちが、変なことを言い出したのだ。村に住んでいた人は、いい人で、街に住んでいた人は、悪い人だと。僕らは悪い人だから、いい人になるために、村に住まなくてはいけないということになった。そして雨季が終わりに近づいた頃、やっとこの村に落ち着いたのだ。履いていた運動靴はボロボロになって使い物にならなくなり、裸足で過ごすようになっていた。

大人たちはこの村のことをプノムと呼ぶけれど、僕は〈デベソ村〉と呼んでいる。村の真ん中にある小山が、デベソの形をしているからだ。

村に住んでいる大人たちは、黒服たちに命令されて、毎日畑や田んぼに行って、米やトウモロコシ、トマト、さつまいも、いろいろな作物を作っている。でも、これは黒服たちのもので、僕らが勝手に取って食べてはいけない。毎日二回、村人たちは共同で食事をすることになっている。食事を作るのは、僕の父さん。父さんは、とっても料理がうまいのに、使える材料がなくて、ほとんど毎日がお粥だ。お粥といっても、白く濁ったおもゆを飲み込むと、かろうじて米粒が舌に当たるくらい。たまに刻まれた菜っ葉が入っている時は、ご馳走に思えた。

黒服たちは僕ら子供にも仕事をさせる。僕の家は、デベソの麓近くにあるのだけれど、朝起きたら、そのデベソをまわり込むようにして、村の家畜小屋に行く。牛の数は三十六頭。黒服たちがしっかりと管理している。もし数が減ったらたいへんなことになる。男の子に割り当てられた仕事は、毎日手分けして、この牛に草を食べさせることだ。

僕は一頭一頭の牛に名前をつけた。街に住んでいた時に飼っていた犬と同じように。

「動物に名前をつけるなんて、女みたいだ」

そう言ってラドゥーに笑われた。彼は、僕と同じくらいの歳。でも身体は僕よりふたまわりくらい大きい。

この村に来た頃は、僕は他の子供たちからよくいじめられた。背も低くて、痩せていたし、牛の扱いも肥料の作り方も田植えの仕方も、何も知らない。〈役立たず〉だとからかわれた。

街では、ヤシの葉でできた家ではなくて、コンクリートの大きな家に住んでいた。家を囲むように綺麗な庭があって、太いスカケウの木が一本どっしりと立っていた。村に生えているスカケウのどの木より立派だった。真っ白な花が枝いっぱいに咲いていて、夕方になると家中がいい匂いに包まれる。井戸の水をわざわざ汲みにいかなくても、家の中で蛇口をひねると水が出てきた。玄関を入った奥に、大広間があって、よくお客さんが来ていた。父さんは、貿易の仕事をしていた。プノンペンにタイヤやレンガの工場も持っていた。お客さんが来る日は、たいへんだった。母さんは、僕とレビ姉さんに、一張羅を着せた。白いフリルのついたピンク色の服を着るのがなにより好きだったレビ姉さんは、とても嬉しそうだったけれど、僕は動きにくくて窮屈だった。肌触りのよい白いシャツと黒い半ズボンに、白い靴下と皮の黒い靴。僕はいつも履いている運動靴の方が好きだった。でも父さんが、自慢げに僕らのことをお客さんに紹介しているのを見るのは嬉しかった。大広間の中央の大きな机には、母さんがお手伝いさんと一緒に、早朝から準備した色とりどりの料理が並んでいた。母さんは、子供の頃からフランス料理を習っていたし、父さんはフランス語でお客さんと話していることもあった。僕は、そんな父さんが格好いいと思った。父さんのようになるには、勉強もしなくちゃいけない。僕とレビ姉さんは、運転手付きの自家用車で送り迎えしてもらって、母さんが子供の頃に通っていた私立の小学校に行っていた。だから少しフランス語が話せたし、アルファベットも書けた。

フランス語が話せても、字が書けても、この村では何の役にも立たなかった。それより、牛を扱えること、肥料を作れること、田植えができることが大事だった。でも村の子供たちから、〈役立たず〉と笑われると、悔しくて、つい昔のことを言いたくなる。しかし絶対にそのことを口に出してはいけないと、父さんからきつく言われていたから、馬鹿にされてもじっと我慢した。もしも街での生活のことが村人たちに知られたら、僕ら家族は生きてはいられないと父さんが言った。村人の中には黒服たちのスパイもいるらしい。

ラドゥーとはじめて会ったのは、この村に来てから三日めくらいだったと思う。はじめて牛飼いに行く時に、僕を連れていくようにと黒服から指示を受けたのがラドゥーだった。最初、彼はムスッとして、面倒くさそうな表情をした。日に焼けた色黒の顔。切れ長の目で睨まれると、肩のあたりがゾクッとした。

牛を放す草地は思ったより遠かった。食事なんかろくにしていなかったから、すぐに腹が減ってきた。彼は黙々と早足で牛を引き連れて歩く。ラドゥーの大きな背中を見ながら、ただ懸命に僕は後をついていった。

しばらく歩いていると、彼は急に振り向いて、ポケットに突っ込んでいたゲンコツを、僕の目の前に差し出した。殴られると思って身を固くした僕の目の前で、彼はそのゲンコツをゆっくり開いた。掌の中に小さな虫がいっぱい握られていた。蟻だ。動いてはいない。とっくに死んで干涸びているような感じだ。ラドゥーは反対の手でそれをつまんで、豆でも食べるように、口にポッと入れた。

「おまえも食いな。腹の足しになるぞ」

そう言うと彼はニッと笑った。僕は少し戸惑ったが、手を出して、口に入れてみた。噛むとプチッとつぶれて、仄かに甘く感じた。僕がおっかなびっくり蟻を飲み込むのを見て、ラドゥーは僕の背中をポンと叩いた。

次の朝から、僕は五頭の牛の受け持ちになった。草がなくならないように、村の男の子たちは、それぞれ違う場所に放牧に行くのだけれど、慣れるまではラドゥーの後をついていった。自分でやってみると、なかなか牛は言うことをきいてくれない。目的地にまっすぐ歩こうとせずに、少し進んでは立ち止まって、貪るように草を食べる。草を食べている分には問題ないけれど、あちらこちらに畑があるから油断できない。せっかく村人が作った作物を牛が食べてしまったら、たいへんなことになる。もしそれが見つかれば、黒服たちに、立ち上がれなくなるほど殴られる。

お腹を空かしているのは、何も牛ばかりではなかった。僕らはいつも飢えていた。牛を放牧している間、僕らはとにかく食べられるものを探した。自分のためだけでなく、家族の分も。ラドゥーはもの知りで、山菜の生えている場所、トカゲやカエル、昆虫がいそうな場所など、何でも知っていて、僕に教えてくれたから、僕は毎日「戦利品」を持ち帰ることができた。

ある日、ラドゥーと僕は、ネズミの巣穴を見つけた。

「ネズミはスープにして食べると、とても美味いんだ」とラドゥーは興奮している。

僕らは作戦を練った。まず僕が巣穴の上で飛び跳ねる。そうすればネズミたちがびっくりして穴から飛び出してくるに違いない。そこをラドゥーが待ち構えていて、捕まえるという戦法だ。ネズミたちはすばしこいので、なかなか捕まえるのは難しい。しかしラドゥーは、わずかなチャンスを逃しはしなかった。ふたりの連携プレイでその日は四匹もネズミを獲ることができた。ラドゥーは上機嫌だった。ネズミにかじられて指から血が出ているので、僕は少し心配だったけれど、彼の満足そうな顔を見ていると、僕も嬉しくなった。
ラドゥーは、黙って二匹もネズミをくれた。

こんなこともあった。その日は、牛の放牧の日だった。帰り道、畑から煙が出ているのを見つけた。そんな光景を見るのははじめてだったから、火事だと思って、そばまで走っていった。突然、足の裏に激痛が走った。その一帯の草が燻《くすぶ》っていたのだ。あわてて飛びのいたけれど、足は真っ赤になってすぐに水膨れができて、痛くてそれ以上歩けなくなってその場所に座り込んでしまった。じっとしていても痛くて涙がこぼれてくる。歩こうとすると、ズキンとする痛みが全身を駆け抜けて、一歩も動くことができなかった。だんだん日も暮れてくる。どうしようと思っていると、背後から足音が聞こえてきた。振り向くとラドゥーが走ってこっちに向かってきていた。赤くただれた足の裏を見ると、彼は僕を背負って、すぐに近くの川に運んでくれた。水で冷やすと痛みもほんの少しやわらいだ。それから、ラドゥーは、自分の連れていた牛と僕の連れていた牛を引き連れて、僕を背負って家まで運んでくれた。

「おまえ、何も知らないんだな」

僕を背負いながら、少しあきれたようにラドゥーはつぶやいた。畑の土を肥やすために、大人たちがわざと火を放っていたのだと、僕はその時はじめて知った。

その晩、僕は足が痛くて寝つかれなかった。夜遅くヤシの葉よりもひとまわり小さい草を両手にたくさんかかえて、ラドゥーが僕の家に来た。それはネップという薬草で、火傷に効くらしい。ネップは森の奥に入らないと生えていない。ラドゥーは何も言わなかったが、わざわざ森に行って採ってきてくれたに違いないと、父さんが言った。

闇間

yamima

デベソ村では、よく村人がいなくなった。重労働に耐えられなくて逃げる人もいたけれど、黒服にどこかへ連れていかれる人がほとんどだった。

ある日暮れのこと。牛飼いから戻ってくると、まだ家には誰も帰ってきていなかった。

その時突然、家がゆさゆさ揺れたかと思うと、長屋の隣の方から声がした。

ウィーおじさんの声のようだ。長屋の右隣の部屋には、ウィー夫婦が住んでいた。ウィーおじさんは、父さんより少し歳上で、とても優しくて物知りだった。けれども、いま壁ごしに聞こえてくるウィーおじさんの声は、なんだかいつもと違っていた。僕はあわてて、ヤシの葉で編んだ壁に目を近づけて、隙間から隣を覗く。微かな明かりで、十人ほどの黒服たちに囲まれているウィーおじさんの背中が見えた。すぐそばには、おばさんが蒼い顔をして、立ち尽くしている。

「おまえが、反革命分子という情報が入った。おまえ、プノンペンで何をしていた!?」

黒服のひとりが怒鳴った。

「……炭を売っていました」

別の黒服が、持っていた棍棒で、思いきりウィーおじさんの頭を殴った。

「嘘をつけ。おまえ、本当は医者だろ?　この間も、村人を助けたというじゃないか」

「とんでもありません。怪我をして倒れていたので、見様見真似でやっただけ……」

ウィーおじさんが言い終わる前に、再び棍棒が振り下ろされる。ウィーおじさんの頭から血が出ているのが見えた。

「見様見真似ね……」

そう言って唾を吐く黒服の手には、何か光るものが握られていた。黒服は、突然、そばにいたおばさんの方に向き直り、その光るものを振り下ろした。同時に、恐ろしい悲鳴が響き渡った。

「おまえが手当てしたのは、こんな傷だっただろ？　俺たちのトウモロコシを盗む不届き者を、こんな風に処罰してやった。なのに盗っ人野郎をおまえは助けた。さあ、見様見真似のやり方を見せてみろ。奥さんの背中を手当てしてやれ」

黒服の言葉はまるで氷のようだった。その顔にはなんの表情も浮かんでいなかった。

僕は、ガタガタと足が震えて、その場所にしゃがみ込んでしまった。

「……お、お許しください。うちの亭主は、ただの炭売りで……」

搾り出すようなか細い声がそこで途切れ、おばさんは倒れ込んだ。凍りついたようになっていたウィーおじさんが動くのが見えた。

「手際がいいな。やっぱりお前は医者だろう」

再び、棍棒がウィーおじさんめがけて、振り下ろされる。

「話を聞かせてもらおうか」

まるでこっそり見ている僕に向かって言っているかのような大きな声でそう言い捨てると、黒服たちは、ウィー夫婦をどこかに連れていってしまった。

それ以来、ふたりは二度と戻ってこなかった。


ある晩、父さんが家に戻ってこないことがあった。僕はすぐにウィーおじさんのことを思い出した。

「父さんにもしものことがあったら、母さんや姉さんたちを守るんだぞ。ワンディ、おまえは男の子なんだからな」

いつだったか父さんが僕に言った言葉を、ふと思い出した。

もしもの時は、どうすればいいのだろうか。とにかく父さんを探そう。まだ連れていかれたと決まったわけじゃないのだから。父さんが僕たち家族を残して逃げるわけはないと思ったけれど、スパイがいるから大人たちに話すのは心配だった。ウィーおじさんも、きっと誰かに告げ口されたに違いない。ふと思い浮かんだのがラドゥーの顔。夜も遅かったけれど、ラドゥーの家に向かった。

ラドゥーの家は、家畜小屋に行く途中にある。バナナの木が生い茂っている小径を、目を凝らしながら歩いていった。見上げれば真ん丸の月が山の間から顔を覗かせていたが、足もとはまだかなり暗い。一歩、一歩、踏みしめるように歩く。遠くの方で、犬が吠えている。時折、生温《なまぬる》い風が吹いてきて、バナナの葉が揺れて、かさかさと音をたてる。そのたびに心臓が高鳴る。何かが追いかけてくるような不安にかられるけれど、振り向くこともできない。星のわずかな光の先に、見覚えのあるラドゥーの家が見えた時は、少しホッとした。

ラドゥーの家族は、ラドゥーの母さんと妹の三人。家の人を起こさないかとドキドキしながら、そっと家の外からラドゥーの名前を何度か呼んでみた。しばらくすると、ラドゥーが眠そうな目をこすりながら、外に出てきた。僕が事情を説明すると、眠そうだったラドゥーの目は、大きく見開いた。そして一緒に探してくれることになった。父さんの行きそうな場所をいろいろとまわった。闇に包まれてあたりは暗かったけれど、ラドゥーと一緒だったから、怖くはなかった。村の調理場、倉庫、トウモロコシ畑や池。でもどこにもいない。

「デベソの山は？」

ラドゥーが言った。彼の言葉にピンとくるものがあった。三角形をした山の濃いシルエットが、怪しく夜の空の中に浮かんでいた。忘れていた。そうだ、デベソの山かもしれない。デベソの山は、ちょっとした丘くらいの高さしかないけれど、こんもり繁った木々に覆われているから、薄暗い夜には、簡単には近づくことはできない。

「行ってみようよ」とラドゥーは僕を促した。

麓からジグザグに小山のてっぺんまで細い獣道がついている。両側は深い森。僕の背の何倍もあるような木々の間からこぼれてくる月明かりを頼りに、少しずつ小径を進む。獣道に入ったとたん、ブヨや蚊が肌を攻撃してくる。しつこい攻撃を手で払いのけながら歩く。湿ったような木の香りがする。夜の森には、独特の気配がある。ひとつひとつの木の形や、どこからともなく聞こえてくる音に、悪魔か何かが宿っているようだ。でも不思議とラドゥーと一緒にいると、勇気が出てくる。

どのくらい登っただろう。突然、視界が開けた。森がそこだけ切れて、あたりは岩盤が剝きだしになっている。そこからは闇に沈んだデベソ村が一望できた。岩盤は切り立っていて急な斜面になっていた。斜面は月の光に照らされて、白く浮かび上がっている。そしてその下には森の闇が迫っていた。

「ほら、あそこ」
ラドゥーが指さす方向、ちょうど岩盤と森の境目のあたりに、棒切れのようなものが散乱しているのを見つけた。僕らは、岩盤をまわり込んで、その場所に下りてみた。人が鎌を使ったような切り口の棒切れもある。月明かりの中であたりを見まわすと、わずかに地表が削れている跡を発見した。少し黒ずんだその跡は、斜面の下の方まで続いている。僕らは慎重にその斜面を下りていった。するとその先に、黒い物があった。目を凝らすと、倒れている人の影だった。

黒服たちは、村人の食事を作るだけでなく、煮炊きに使う薪をすべて集めることも、父さんひとりに課していた。父さんは、みんなの夕食の片づけを終えてから、デベソの山に薪を拾いにいった。雨季の最中だから、今日も、夕方には雨が降った。ちょうど雨が激しかった頃に、父さんは、ぬかるんだ獣道で足を滑らせて崖の下に落ちたようだ。身体を動かせないようで、父さんは苦しそうな顔をしていたが、僕たちに気がつくと、照れくさそうに微笑んだ。

月明かりの中で、足の骨が折れたらしい父さんの肩をラドゥーと僕が両側から支えながら、ゆっくりと山を下りた。

「息子がふたりできたみたいだ」

父さんのその言葉に、僕はなんだか嬉しくて、ラドゥーの顔を覗いた。彼はニッと笑った。

ラドゥーが僕の本当の兄弟だったら、どんなによかっただろうに。

月　蝕

getsyoku

父さんの救出から数ヵ月経ったある日の夕方、いつものように牛を家畜小屋に返すと、そこにいた黒服のひとりに「明日は休みだ。村の広場に集まりなさい」と言われた。

今まで黒服たちは一日も休みをくれなかった。不思議に思いながら家に戻ると、幼い子供たちの面倒をみているレビ姉さんも、同じように広場に呼ばれたと言う。そのことを父さんに話した。その頃には、もう父さんの足はほとんど治り、普通に歩けるようになっていた。

「絶対に手を挙げてはいけない」

どういうわけか父さんはこう言って、急に真面目な顔になった。

デベソの麓には、大きな池がある。その池の前が村の広場になっている。翌朝、広場にはすでに二十人ほどの子供たちが集まっていた。黒服たちに言われたのか、みんなきれいに並んで赤土の地べたに座っている。少し斜め前の方にラドゥーの背中が見えたから、悪戯してやろうと思って小石を投げると、右肩に当たった。ラドゥーが振り向いたので、僕が目配せすると、彼もおどけてみせた。

黒服のひとりが、僕らに向かって声をはりあげる。

「目をつぶるように」

黒服たちの言うことは素直に聞いたほうがいい。すぐに目を閉じて、黒服たちにわかりやすいように、ついでに顔も手で覆った。

「君たちは、国の宝である。よって今回、希望者の中から数人を選んで、学校へ行って勉強してもらうことになった。学校に行きたい人は手を挙げなさい」

学校だって？　街を離れてから、牛飼いや畑の仕事ばかり。学校で勉強できるなんて、夢のような話だった。

薄目をあけてみると、覆っている指の間から光が見える。その先に手を挙げているラドゥーの背中が見えた。そうか、ラドゥーも手を挙げている。よし、僕もだ、と思いっきり右手を空に掲げた。

「ほら、おまえ。次は、おまえ」

どうも黒服たちは、手を挙げている中から何人かを選んでいるらしい。

「おまえ」とラドゥーの背中を押した。

そしていよいよ僕の番。心臓が高鳴った。僕は背筋を伸ばし、手をさらに天に突き挙げた。

でも黒服は、素通りして行ってしまった。僕は選ばれなかった。

黒服たちに目をあけてもいいと言われた時、選ばれた子供たちは、トラックの荷台に乗っているところだった。ラドゥーを含めてみんな比較的身体の大きい子供だった。ラドゥーが僕の方をチラッと見て、何か言いかけたのに気がついたけれど、その顔が少し誇らしげに見えて、僕は悔しくて視線をそらしてしまった。トラックは砂煙をあげて、あっという間に見えなくなってしまった。

その日の晩、父さんは少し厳しい顔をしていた。広場にいたレビ姉さんが、僕が手を挙げたことを告げ口したみたいだ。

「ワンディ、どうして言うことをきかないんだ」

「だって、学校へ行きたいんだ。ラドゥーと同じように」

「だめだ。絶対にだめだ。今度こういうことがあっても絶対に手を挙げてはいけない」

父さんは嘘つきだと思った。昔は勉強しろと言っていたのに。

「なんで学校へ行っちゃいけないの。父さんは、いつも勝手に僕のことを決めちゃうじゃないか。今度こそ、絶対に選んでもらって学校へ行く」

僕がムキになって言ったら、父さんの表情が変わった。目が血走って、父さんが、一瞬、違う人のように思えた。父さんは軒下に置いてあった小枝でできたホウキをつかみ、思いっきり僕の背中を叩いた。何度も何度も。背中に引きちぎられるような痛みを感じた。涙が溢れてきた。いつも優しい父さんがどうしてこんなことをするのだろう。背中の痛みよりも、そのことが無性に悲しかった。ところが、叩いている父さんも涙を流している。その哀しげな顔が頭にこびりついた。

僕にはわからなかった。父さんが僕をめちゃめちゃにホウキで叩いたこと。そして、とっても哀しい顔をしていたこと。その晩は、押し黙ったまま、死んだようにじっとしていた。眠ることもできなかった。寝床でじっとしていると、ふっと人影が寄ってきた。甘い匂いがする。母さんだった。

「ワンディ、父さんはおまえが憎くて叩いたんじゃないよ」

母さんの声が耳元で聞こえる。身体を曲げようとしたが、痛くて動けない。

「おまえのためなんだからね」

ラドゥーがいなくなってしまっても、父さんに嫌われても、いつものように朝はやってくる。背中は痛くても牛飼いの仕事を休むわけにはいかない。休めばもっときつい仕事が黒服たちから割り当てられる。

草地へ向かう道々、ラドゥーのことを思い出していた。選ばれたラドゥーへの妬みは薄れてきて、それよりも会えなくなってしまった寂しさが押し寄せてきた。別れ際にラドゥーがなにやら僕に言いかけた顔が浮かんでくる。何を言いたかったのだろう。僕は〈さよなら〉さえきちんと言えなかったのだ。

背中の痛みが全身に伝わっていくようだった。

幻影

genei

ラドゥーと別れて、ほどなく雨季が明けた。この季節に生まれたので、僕はまたひとつ歳をとったことになる。雨季明けしてからしばらくすると、緑色の服を着た人たちがやってきた。いつの間にか黒服たちは、僕らの前から逃げてしまっていた。緑色の服を着た人たちは、僕たちとは違う言葉を話してはいたけれど、黒服たちよりもずっと親切だった。大人たちは緑服の人たちをベトナム軍と呼んでいた。僕らのように、黒服からいじめられていた人たちを助けるために来たのだと父さんが教えてくれた。だからすぐに僕たち家族は、再びプノンペンの街に帰ってもいいことになった。街を離れた頃は、田舎に馴染めなくて、あんなに街の生活が恋しかったのに、今では街での生活を思い出す方が難しかった。

ちょうどその頃、ラドゥーたちの噂が村に伝わってきた。あの時、黒服に連れられていった子供は、黒服たちの仲間になり、一緒に山奥に逃げていったらしい。そして行方知れずになっているということを。ラドゥーたちが連れていかれたのは、勉強するところではなかった。黒服たちの手下を養成する学校だった。

父さんは知っていたのだ。背中の痛みが、その時ふっと蘇った。ラドゥーのことが心配だった。緑服の人たちは、僕らには優しいけれど、もし黒服たちを見つけたら、捕まえて殺してしまうと聞いた。


村を離れる前の晩も月が昇っていた。僕はまた歩いている。どんどん歩いている。月明かりに向かって。鳥の羽のような形をしている葉も、バナナの木やスカケウの木も、ヤシの家も、広場の前の大きな池も、左手に見えるデベソの山も、そして歩いている僕も、みんな月の光は乳色に染める。道端の野草も乳色に染まって、風で揺れている。夜だから花も袋状に閉じていて、握り拳のようだ。

折れてしまいそうな小さな細い指が、ふっと思い浮かんだ。

住んでいたプノンペンの街を黒服たちに追い出された時のことだ。僕らはひたすら歩いた。朝起きて、日が暮れるまで。長い人の列に続いて、太陽のギラギラ照る中を歩く。父さんと母さん、レビ姉さん、そして僕。父さんは、わずかに持ち出した荷物を載せてある荷車を引いていた。母さんは、生まれて間もない弟をかかえていた。名前はアソックといった。レビ姉さんは、僕が迷子にならないように、しっかりと手を握っていてくれた。父さんや母さんとはぐれてしまったら、もう二度と会えなくなるかもしれない。そう思うと心配で、疲れてへとへとだったけれど、レビ姉さんの手を絶対に離さないで、必死で歩いた。

あたりは畑や田んぼだった。でも土はからからに乾いて何も植えられていない。熱風が吹くと、その荒れ地から砂埃が舞って、あたり一面が灰色になる。そうすると、目はあけられないし、鼻や口の中は、砂でジャリジャリした。木など生えていないから、日陰があまりなくて、蒸し暑くて、汗がしたたり落ちた。頭の中はボーッとしていて、足を一歩ずつ前に出すのがやっとだった。プノンペンから持ってきた食べ物はすぐになくなってしまったから、持ってきた宝石や金を母さんは農家で、米や芋と交換した。野宿する場所が決まると、おかゆを作ったり、芋を煮たりして、僕らはなんとかその日一度だけの食べ物にありついた。そして、堅い土の地面に寝転んで夜を過ごし、朝になると歩きはじめる。そんな毎日だった。

アソックはまだ五ヵ月くらいだったけれど、頰っぺたもお尻も、むっちりしてなめらかだった。僕が顔を覗き込むと、目を細めて嬉しそうに声をあげる。とにかく可愛かった。そのアソックが街を離れて十日過ぎたあたりから様子がおかしくなってきた。お腹が丸く膨れて、そのかわりに、熟れたマンゴのように柔らかだった頰がこけ、腕や足が折れてしまうくらい細くなってきた。朝から晩まで歩いているうちに、母さんのお乳が出なくなってしまっていた。母さんはアソックにおもゆを飲ませていたけれど、徐々にアソックは元気がなくなってしまった。そのうちにもう笑うことも泣くことも、声を出すこともしなくなって、ただ目をうつろにあけている。僕らが顔を覗いても、反応がない。そして、それから三日。ろうそくの火が風でふっと消えるように、母さんに抱かれたまま、アソックは息をしなくなった。母さんは、自分のせいだと泣いた。父さんがアソックを母さんの腕の中から取り上げようとしても、母さんはアソックが死んだことがしばらく信じられないようで、頑なに手を離そうとしなかった。その時に見たアソックの小さな手が、今でも僕は忘れられない。細くて小さな指をほんの少し曲げて、何かを握っているような手だった。

泣き叫ぶ母さんからアソックの小さな亡骸《なきがら》を無理矢理取り上げて、父さんたちは、穴を掘って埋めた。ちょうどタマリンドという莢《さや》がいっぱいぶらさがる木の下だった。

日が暮れても、母さんは、ずっとタマリンドの下に座っていた。アソックがこの世にいないということが僕は信じられなかった。でも月明かりの中で、微かに震えて、すすり泣いている母さんの後ろ姿を見ているうちに、本当にアソックとはもう会えないのだと実感した。月明かりの向こうの世界に、アソックは行ってしまったのだ。

アソックのあの小さな手が、月の光の中に浮かんでいる。折れてしまいそうな細い指が握ろうとしていたものは、何だったのだろう。

ふと月明かりを遮る黒いシルエットが見えた。僕は立ち止まった。目を凝らすと、黒服に縞模様のハチマキをしている。

言葉はなかった。それはラドゥーだった。ラドゥーは両手を大きくかざして、これ以上近づくのを制止しているようだった。そしてニッと笑うと月の光に溶けるように、光の粒の中にふっと消えていった。

「ワンディ、戻りなさい！」

母さんの声がする。今晩もまた僕は、そうやってこちらに戻ってきた。

でもこれからは、月に魅せられて外を歩くこともなくなるかもしれない。きっとラドゥーが僕にかわってアソックを見守ってくれるだろうから。

デベソ村で見る最後の月だった。あと少しで真ん丸だ。ラドゥーの笑顔を光に重ね合わせてみる。そのおぼろに拡がる光に向かって、〈頼んだよ〉と声をかけた。

水の章

水　路

suiro

三年半ぶりのプノンペンは、デベソ村とは何もかもが違った。コンクリートでできた家がたくさん建っていた。前に住んでいた家のあたりは、緑服の人たちの駐屯地になっていて、入れなかった。だから僕たち家族は、新しい家を探さなければならなかった。気落ちした僕たちに、父さんが言った。

「誰も住んでいなければ、どの家に住んでもいい。もとの家より大きくたっていいんだよ」

でも、もしも家の持ち主が久しぶりに家に戻ってきて、それが他の人のものになってしまっていたら、どんな気持ちがするだろう。前の家が緑服の兵隊さんのものになっていて、僕は残念だった。そのことを父さんに話したら、父さんは「大丈夫、ほとんど戻っては来ない」と言葉を濁した。

一瞬、父さんが何を言っているのかわからなかったけれど、しばらく考えて、満足な食べ物もなかったデベソ村での生活を思い出した。黒服たちのせいで、たくさんの人が死んでいった。プノンペンを離れた時にいた人たちのうち、いったいどのくらいがまた戻ってこれたのだろう。

その日のうちに、僕らは人気のない二階建ての小さな家を見つけた。錆ついた門をあけると鉄のにおいが鼻をついた。中に入るとかび臭くて、クモの巣だらけ。お化け屋敷みたいだったから、僕は少しわくわくした。それに前に住んでいた家ほど大きな木ではなかったけれど、スカケウの木もあったから、この家も夕方になればいい匂いに包まれる。だからすぐに気に入った。

でもレビ姉さんは、不満そうだった。父さんに聞こえるように「もっと大きくて綺麗な家を選べばいいのに」と言っていた。

落ち着き先が決まると、父さんは次のことを考えているようだった。デベソ村で、さんざん僕らのことをいじめた黒服たちが、またいつやってくるかもしれないから、緑服の人たちの国ベトナムに逃げる計画をたてたのだ。

黒服が来るずっと前に、父さんの妹がベトナムの人と結婚していた。父さんは、その妹を頼ることにしたのだ。心を決めてからの父さんの行動は早かった。ベトナムへ行く手筈を整え、数日後には出発することになったのだ。だから、お化け屋敷には十日もいなかった。

父さんの話によると、ベトナムへ行くためには、普通の道ではだめなのだそうだ。森や荒れ地を通って、「国境」というものを越えなければならないらしい。僕たちだけでは、道がわからないから、父さんは少しお金を払って、道案内を頼んだ。昼間は暑いから、木の下で休んで、夜になると動き出す。真っ暗な場所を、まず道案内のおじさんが先に行く。僕らは、静かにじっと待っている。すると、少し離れたところから、おじさんが懐中電灯を照らしてくれる。僕らは合図を決めていた。一回だけの光の時は、〈待て、危険〉。二回点滅したら、〈準備せよ〉。三回点滅したら、〈安全、こっちへ来い〉。三回ピカピカ光るのを待って、最後は、その光に向かって歩く。五分も歩けば、その光に辿り着く。気が遠くなりそうなくらい、何度も何度も同じことを繰り返し、少しずつ前に進んだ。

「向こうの森のあたりを越えたら、ベトナムだ」

何日めかに、道案内のおじさんがそう言った。国と国の境に引いてある白い線を見てみたいと、ずっと楽しみにしていたから、僕は胸が高鳴った。その晩は、一生懸命に地面を見ながら歩いた。でもどこにも白い線など引いていなかった。毎晩歩いていた同じような森がただ続いていただけ。どこからベトナムなのだか、さっぱりわからなかった。

ベトナムに入ってからは、まっすぐにおばさんの住んでいるホーチミンという街を目指した。おばさんの家は、ホーチミンのチョロンという場所にあった。三角形をした瓦屋根に土の壁の家で、平屋だった。はじめて見る家の形にまず驚いた。おばさんには僕より小さい子供が八人もいて、とても賑やか。生まれた国にいる子供と同じような顔をしているのに、いとこたちが何を言っているかまったくわからなかった。そのことにも驚いた。国境を越えただけで、何もかもが変わってしまう。ちょっぴり寂しいような気分になった。

毎朝、暗いうちからニラとひき肉を炒める香ばしい匂いがした。それを具として、もち米でできた饅頭の中に入れる。ニラ餅といって、頬っぺたが落ちるほど美味い。おばさんたちの一家は、それをたくさん作って近くの市場で売っていた。しばらく、その家に住まわせてもらうことになった。おばさんはとても優しくて、ニラ餅を欲しいだけ食べさせてくれた。腹いっぱいに食べることができて、ベトナムに来てよかったと、その時はじめて思ったかもしれない。

それから二週間くらい経って、父さんが家族の住む家を見つけてきた。おばさんの家も裕福ではなかったから、これ以上迷惑をかけられない。小さい家に僕らの家族四人とおばさんの家族十人では、たいへんだ。

父さんに連れられて、新しく住むことになる場所に着いた時は、少し興奮した。水路がはりめぐらされていて、おばさんの家のように、レンガを積んだ土壁の瓦屋根の家ではなくて、木でできた家がその水路沿いに並んでいる。小さな家ばかりだけれど、家の前には、細い道が迷路のようになっていて、鶏や豚が横切ったりする。探検するには面白そうだと思った。二階建てのように見えるけれど、一階部分は、ただの空間になっていて、家の柱が剝き出しになっている。水路側の数本の柱は、水路の中から出ていて、その上がちょうど台所。水路に迫《せ》り出しているから、このへんに住む人は残飯やゴミを、どんどんその水路に捨てている。水路は鶏の骨やら紙くずやら壊れた椅子やら空き缶やらで溢れている。

そんな水路沿いの一軒が、僕らの新しい家になった。

「今はこんな家しか借りられないけれど」

父さんは家族の前ですまなそうな顔をした。

「ひと部屋だけの家でも、家族みんなで住めるのだから」と母さんは笑った。

水路からは、なんだか生臭いにおいが家の中にまで入ってくる。はじめての晩は息苦しくて眠れなかったけれど、そのうちに苦にならなくなった。

誘い水

sasoimizu

フーやトンに出会ったのは、引っ越してから、二、三日経った頃だった。その時、僕は水路に迫り出している台所で、夕飯のスープに入れる野菜を切っていた。家と家との隙間はほとんどないので、台所から、右隣の家の一階部分が見下ろせる。そこには雨水をためている大きな水がめがふたつ並んでいた。その水がめの奥に置いてある大きなタライの中で、必死に手を動かしている人影を見かけた。しゃがみ込んで何かを洗っているように見えた。それがフーだった。僕の視線に気がついたのか、フーは手を休めずに、僕の方を見上げた。ちょっぴり鼻が上を向いていて、気が強そうな顔をしていた。僕は少し気遅れしたけれど、ラドゥーのことを思い出した。あいつと友達になれたのだから大丈夫だ、と自分に言いきかせた。彼も僕のことが気になったみたいで、手招きする。だから僕は急いで階段を下りていった。タライの中は、真っ黒な水だった。その中に何が入っているのか、その時は、わからなかった。

僕に向かってフーは、何やら言って笑ったけれど、僕にはチンプンカンプンで、何もわからなかった。僕が、黙って困ったような顔をしていると、フーはひとりで納得したような顔をして、濡れている手で、自分の胸をポンと叩いた。後でわかったのだけれど、その時、僕がしゃべることができないと、フーは勘違いしたみたいだ。〈困った時には、俺に言えよ〉と兄貴風を吹かしたらしい。僕と同じくらいの歳なのに。しばらくして別の男の子が二階から下りてきた。フーをひとまわり小さくしたようで、上を向いている鼻も、そっくり。それがフーとはひとつ違いの弟のトンだった。

僕の家族は貧しかった。おばさんの家を出てから、食事は朝と晩の二回。それも毎日おかゆとか、野菜の具がちょっぴり入っただけのスープとかだった。父さんも母さんもベトナムの言葉は少ししかしゃべることができなかったから、最初のうちは仕事を探すのがたいへんだった。

ある日、母さんが自分のはいているズボンの腰紐の縫い目をほどいたら、腰紐と一緒に中から金のネックレスが出てきた。もしデベソ村で黒服たちに見つかっていたら、没収されたばかりか、殺されたかもしれないのに。いつの日か役に立つことがあるかもしれないと、母さんは大事に持っていたようだ。豆粒くらいの大きさの金の鎖をひとつ外して、母さんが市場に売りに行ったその日の夕食は、ご馳走だった。久しぶりに鶏肉が入ったスープを食べた。

朝から晩までくたくたになるまで仕事を探していた父さんと母さんは、最後に、プラスチックの帽子を作る仕事を手に入れた。市場の帽子屋のおじさんの所からいろんな形のプラスチックの部品を仕入れてくる。それをうまく組み合わせて糸で繋いでいくと、麦藁帽子みたいな帽子ができあがる。それを何個も作って、ある程度たまったら、そのおじさんに渡す。その工賃でお金をもらう。レビ姉さんも、一緒に作ることになった。僕も手伝った。丁寧に作ろうとしても、あまりうまくできなかった。そのおじさんに、僕が作った帽子は商品にならないと突き返された。突き返された時、父さんに怒られるかと思ったら「これは、家族の分にしよう」と、微笑んでくれた。でもそれからは、僕は帽子作りを手伝わなくてもいいことになった。

ある日、フーが水路の中を歩いているのを見かけた。洗濯はもちろん家にはトイレがないから、用もそこでたす。その中をフーは平気で歩いている。水路を流れている灰色の水は、フーの腰の深さくらいある。しばらく見ていると、何かを掬い上げた。よく見ると、黒く汚れてヘドロが入っているビニール袋をつかんでいる。彼はヘドロを出して、そのビニール袋を背負っているカゴの中に入れた。

すでにカゴの中には、結構ビニール袋が入っていた。しばらくして、フーが僕に気がついた。でもすぐに真剣な表情になって、視線を水路の中に移し、黒い淀んだ水の中を手探りする。フーのその姿を見ていると、なんだか泥の中で魚を獲っているような感じがして、汚いことなんか忘れていた。僕はフーがやっていることをずっと見ていた。

かなりの時間が経って、フーが水路から上がってきた。今度はフーがにっこり笑って日配せするので、フーの後をついて歩くことにした。僕と同じくらいの背丈だけれど、背負っている籐のカゴのせいで、フーの頭と足しか見えない。カゴの中からは、ドブ川のにおいがした。でも嫌な感じはしなかった。

彼の家まで来ると、タライに水をためて、そのビニール袋を洗いはじめた。この間はビニール袋を洗っていたのだ。僕も少し手伝った。真っ黒なビニール袋でも、きちんと洗えばツルツルで透明になる。それが面白くて、無心に手を動かした。

綺麗になったビニール袋をまたカゴに入れ、フーは再び背負った。彼はゆっくりと歩き出した。どこに行くのだろう？　後からついてくる僕を見て、フーは嬉しそうに微笑んだ。

幅一メートルほどの水路は、別の少し広い水路に繋がっている。フーは、その流れのままにさらに水路沿いにしばらく歩いていく。すると大きな川に出た。そこまで来ると、ちょっぴり潮の薫りがするから、海にだいぶ近いのだろう。

その川沿いを歩いていくと、瓦屋根の土壁の家が見えてきた。軒先には、いろんなものが積み上げられていて、家というよりは倉庫のような感じ。空き缶や空き瓶、壊れた時計……。いろんなガラクタの前で、ひとりのお婆さんが低い四本足の木製の椅子に腰をかけている。竹でできた三角の帽子を被っていて、そこから見える髪は白い。首が隠れるような白い服を着ている。その服の横の部分は、足元から腰の上まで切れていて、そこから黒いズボンが覗いている。どちらかというと、ぷっくりとした印象。

そのお婆さんは、僕を頭の先から足の先まで、じろじろと見る。お婆さんの座っている椅子の横には、大きな天秤が置いてある。フーがそのカゴを天秤の一方にひっかけると、お婆さんは、深い眉間の皺を寄せて、意地悪そうな眼差しをフーに向ける。そして手元に並んでいるさまざまな大きさの重りを取り出して、天秤のもう一方の台にのせていく。

それが終わると、お婆さんはフーにビニール袋を取り出させて、「向こうへ行け」と言うかのように手を振った。フーは心得ているみたいで、ビニール袋を持って家の裏手のほうへと歩いていく。フーについて裏手に行ってみると、そこにはビニール袋が山のように積み上げられていた。そこにビニール袋を置いて僕らが戻ってくると、お婆さんは空っぽのカゴを再び天秤で計っていた。ビニール袋だけの重さを計算するためなのだろう。それからブツブツとなにやらつぶやきながら紙に数字と文字を書き殴った後、お婆さんは一ドン紙幣三枚を、フーに渡した。

その時、フーがやっていたことがやっとわかった。

お金を受け取ったフーはお婆さんにつっかかっている。たぶん、重さにみあったお金ではないと、言っているのだろう。でもお婆さんは、取りあわなかった。フーは不満そうだった。しかたなく渡されたお金をズボンのポケットにねじこんだフーが、ちょっぴり可哀想になった。

フーはビニール袋のことを〈サック〉と呼んでいた。それで、お金に換えてくれるお婆さんのことは、〈サック婆〉と呼ぶことにした。

次の日から、僕はフーの後について、一緒にビニール袋を探しはじめた。これなら僕にもできるような気がした。少しは腹の足しになるものが自分でも買える。なんとなく嬉しかった。

ビニール拾いは、フーの弟のトンも一緒に来ることが多かった。僕はまだ慣れていなかったけれど、次の日からフーはちゃんと均等に分け前を僕にくれた。

逃げ水

nigemizu

フーとトンと一緒にビニール袋を探すようになって、三ヵ月くらい経った頃には、僕も少しはベトナム語がわかってきた。

ビニール袋を拾っている子供は多い。だから一日中探したところで、たかが知れている。どんなに頑張ってもカゴをいっぱいにできる日は、まれだった。

あまり拾えなかったある日のことだ。ビニール袋を洗った後でカゴに再び移す時に、フーは僕にささやいた。

「今日は、お守りを入れるぞ」

お守り？　その時は意味がわからなかった。フーは微笑んで、一枚のビニール袋に丸いものを入れた。掌に隠れてしまうくらいの小さな石だった。そして、さらにビニール袋を内側に重ねて、その石ころが出ないようにする。そしてまた別のビニール袋にも同じように小石を入れる。結局、全部で三つ、お守りが入ったことになる。「準備完了」フーは微笑んで、その二枚重ねしたビニール袋も、他のビニール袋と一緒にカゴに入れる。

「おや、おかしいね。見た目が少ないわりには、五百グラムもあるね」

サック婆の目がギロッとこちらを向く。たった小石を三つ入れただけなのに、心臓が高鳴る。フーもトンも慣れているのか、平然としている。自分の心臓の音がサック婆に聞こえるのではないかと思うと余計に鼓動が早くなる。僕の方にも、サック婆は視線を動かす……。僕は、サック婆の視線をしっかりと受け止める。心なしか、僕の顔を見て、薄笑いを浮かべているようにさえ感じる。

思わずこらえきれず、目をそらそうとした瞬間、サック婆が口を開いた。

「ほら、これ」

サック婆は、鉄製の箱の蓋をあけて、一ドン紙幣を五枚わしづかみにすると、フーに渡した。

こんなことを考えついたこともあった。

ある時、フーとトンと三人で、ビニール袋を拾いながら、少し遠出をした。いつも探しにいく水路とは反対の上流の方に行ってみた。行ったことのない場所を歩くのは、それだけで楽しい。しばらく歩いていると、水路沿いにいろんな屋台が出ている一郭に出た。お米の麺を作る店、鉄板の上で円板状の食べ物を焼いている店、バナナを揚げる店、煙と一緒に美味そうな匂いが立ちのぼっている。もちろん僕らはお金がないから、喉をゴクッとするだけなのだけれど。

そこに、飲み物を売る屋台も出ていた。その飲み物屋の親父は、ビニール袋に氷を入れて、黒い液体を流し込む。いっぱいになったら、そこにストローを差して、こぼれないように輪ゴムでとめる。大人たちは、とっても美味そうに飲む。ちょっぴり味見したことがあるけれど、苦くてダメだね。大人たちは、〈カフェ〉と呼んでいる。

大人たちは、カフェを飲み終わると、ビニール袋をドブ川に捨てる。ビニール袋だけでなく、何でもかんでも捨てる。だから店の下のドブ川には、いろんなゴミがたまっている。

　ドブ川を見ていたら、デベソ村で、黒服たちに見つからないように、川で魚を獲るために仕掛け網を作ったことを、僕は思い出した。ドブ川を棲み家にしているビニール袋も、仕掛けを作ったらどうだろう。飲み物屋の屋台の下流で、少し流れのあるドブ川に竹の棒を差していく。流れを止めてはいけないから、少し間隔をおいて一列に。そうすれば、上流から流れてくるビニール袋が引っ掛かるはずだ。

　夜暗くなってから、ここだと決めた幅十メートルほどのドブ川に、フーとトンと一緒に、竹の棒を底に突き刺した。なんだかわくわくして、眠れなかった。翌日、さっそく仕掛けの場所に行ってみると、ゴミに混じってビニール袋も引っ掛かっていた。

　その仕掛けに引っ掛かったビニール袋をサック婆のところに持っていったら、十五ドン近くにもなった。三日分の稼ぎだった。

　その日はなんだか気持ちが高ぶっていたから、「チョロンへ行こうよ」とフーとトンに言った。

　チョロンは、おばさんの家がある場所。このあたりにくらべたら清潔で店がたくさんあって、華やかだ。歩いていくのには遠いので、僕はシクロに乗っていこうと提案した。シクロというのは、自転車タクシーのこと。自転車の前に荷台があって、そこに人が乗るような仕組みになっている。いつもはお金がもったいないから、シクロに乗るくらいなら腹の足しになるものを買うのだけれど、その日は、少し気持ちが大きくなっていたから、シクロに乗りたかったのだ。ところがフーは反対だった。「そんなことにお金を使うなんて、もったいない」と言うのだ。結局、僕らは歩いていくことにした。

チョロンの市場に着くとたくさんの人が歩いていて、賑やかだった。少し薄暗い市場の中は迷路のようになっていて、中を歩いているだけでも、探検しているみたいで面白かった。いろんな色をした野菜やへんな形をした果物が並ぶ。魚やエビ、肉も売っている。ゲンゴロウのような虫や、掌ほどの大きさのクモの燻製がカゴに積み上げられ、ヘビの燻製は、天井からぶらさがっている。それに匂いに圧倒される。調理するいい匂いや、果物の甘酸っぱい匂い、そして人の熱気。さまざまな匂いが充満している。ある一郭にガラスのケースがあった。その中に色とりどりの模様のついた円柱形をしたお菓子が並んでいた。そういえば、お菓子はずっと昔、プノンペンに住んでいた頃食べたきりだった。あの頃は、家にたくさんお客さんが来たので、よくお土産をもらった。その中にお菓子もあった。甘いものは、レビ姉さんの大好物だった。お客さんが帰るのが待ちきれなくて、姉さんと一緒にこっそりつまみ食いして、母さんに怒られたことを思い出した。レビ姉さんが見たら、どんなに喜ぶだろう。

ガラスケースの横には、フランスパンや蒸しパンが、カゴの上に並んで積み上げられている。そこはパン屋だった。僕に目配せしたフーはトンにお金を渡して、背中を押す。トンはニヤッと笑って頷く。そして、ショーケースの後ろにいたおばさんに声をかける。

「おばちゃん、フランスパンを買ってくるように母さんから頼まれた」と言って一ドン紙幣を五枚見せる。

店のおばさんは、フランスパンをふたつ、新聞紙に包んでトンに渡す。

「他の店では、五ドンあれば四つ買えるよ」

トンは、いちゃもんをつける。店のおばさんは口をとがらして、四つは無理だと言う。

「じゃ、いらない。他の店で買うよ」

少しオーバーに、新聞紙にくるまれたフランスパンをおばさんに押し返す。僕らは、そのやりとりをトンのすぐ横で見ている……。

その場所を離れる。ドキドキするけれど、あわてない。ゆっくりと市場の迷路の中へと吸い込まれる。おばさんの視界から消えたところで、おもむろに走り出す。後ろは絶対に振り向かない。まっすぐではなくて、なるべく多くの角を曲がる。広い市場を出て、しんとした路地に入り込む。フーもトンも、そして僕も肩を震わせて、ゼーゼー息をしている。いつの間にか互いの顔を見ながら笑みがこぼれる。最後に、フーと僕は、トンにお尻を突き出してみせる。半ズボンの後ろのポッケは、パンパンに膨らんでいる。

「いくつ蒸しパンが入っているのかなぁ」

トンは嬉しそうにつぶやいた。

還流

kanryû

「モイ、ピー、バイ！」

数字を一から三まで心の中で数えて、僕は思いきり息を吸い込む。そして、〈バイ〉のところで、目をつぶって、勢いよく川に足から飛び込む。とたんに、水が僕の身体を捕らえる。ここの水は滑らかな感じじゃなく、なんだかいじめっ子のようだ。ザラザラとしていて、油断しているとガツンとやられてしまう。だから僕も歯を食いしばって、立ち向かう。恐る恐る目をあける。視界の先は、白っぽい灰色。細かい砂のような粒が、僕の瞳に飛び込んでくる。

この川、このあたりでは僕の背丈より少し深いくらい。淀んで、流れはほとんど感じない。足裏は、ヌメヌメした感じ。いろんなものが積み重なってできあがったヘドロだ。それを巻き上げないように、一歩一歩ゆっくりと、僕は川底を歩く。一メートルもない視界の中で、ひたすらヘドロの川底を見る。でも、獲物はそんなに簡単に見つかるはずがない。

だんだんと苦しくなってくる。もうダメだと思った瞬間、川底を思いきり蹴る。とたんに、ヘドロが舞い上がり、あたりは真っ黒になってしまう。水をかきながら、川面から顔を出すと、口の中に水が入ってきて、あわてて吐き出そうとするが、臭くて苦い水が、僕の舌にからんでくる。

朝早くから、僕はビニール袋を探しまわっている。それにしても今日は全然見つからない。夕方までには、もう少し見つけたい。

「ワンディ、やっぱりここにいたんだ」

川面に顔を出した時、フーの声が聞こえた。最近はビニール拾いも慣れてきたので、フーやトンと手分けをして、別々の場所で拾うようになっている。僕はまだ誰も拾ったことのない場所を見つけるのが好きだ。潜らなければいけないような深いドブ川でも拾えるようになった。僕みたいに泳ぎが上手くないと入れないから、結構、拾える。でも、今日はダメだった。

フーが来たから、一緒に例の仕掛けの場所に行くことにした。

顔とか身体とかに触れている空気に湿気を感じる。そして水の匂い……雨の予感だ。不思議とその予感は的中する。しばらくしたら、空が暗くなって、激しい音をたてて雨が降る。一度、雨が降り出したら、すぐ前が見えなくなるほどの土砂降りになる。そして、ドブ川の水はあっという間に溢れて、あたり一面、洪水になる。雨粒が僕の身体を痛いほど叩く。何もかもが流されていく。ついていないないと思う反面、雨は嫌いになれない。天からの透明なシャワー。力強い雨は、気持ちいい。母さんに抱かれているような、激しくも滑らかでほんわかした感じ。僕の身体に染み込んだ、ドブ川やヘドロのにおいもみんな消し去ってくれる。

その晩、父さんは、僕ら家族を集めて、真面目な顔でこう言った。

「イープンへ行こうと思っているよ」

父さんの話によると、僕らのようにこっそりベトナムにいる他の国の人たちを緑服の人たちが探しているそうだ。生まれた国では緑服の人たちは優しかったけれど、ここでは僕らは邪魔者なのだ。このままベトナムにはいられない。それで、父さんは、よそへ行くことに決めたみたいだ。イープンという国は、海の向こうのそのまた海の彼方にあるらしい。父さんの仲のいい友だちがいるということだった。

その話を聞いた時、フーやトンの顔が浮かんできた。僕にだって、友だちがいるのに。父さんは勝手だなと思った。僕が押し黙って不機嫌になっているのに気がついたのか、父さんはこう話を続けた。

「ワンディ、イープンは、いいところだぞ。食べ物も着る物もいっぱいで、誰も飢えたりしていないんだ。争いもなく、住んでいる人たちも優しい人ばかりだぞ」

本当にそんな場所があるのだろうか。でも父さんの言うことだから、きっとあるのだろう。ここから離れたくはないけれど、父さんが決めたことには逆らえない。フーやトンと別れることを思うと胸がしめつけられて、その夜、僕は寝所で泣き明かした。

僕らがベトナムを離れる決心をしてから、しばらくして、雨季明け前のすごい嵐がやってきた。このあたりでは、雨季になると土砂降りで道が川になるなんて、そんなに珍しいことではない。でも、その時はいつもの土砂降りとは違っていた。それは、風。横殴りの風が、ひと晩中吹いていていた。僕の家も、地震が来たかのように、ずっと揺れていた。外に出たくてウズウズしたけれど、危ないと父さんに止められたから、僕は我慢した。なんだか風の音は、人間の泣く声に似ている。

いつの間にか、眠ってしまっていたらしい。起きてみると、日が差していた。今日はきっとたくさんビニール袋を拾えると、あわてて外に飛び出した。いろんなものが道のあちらこちらに散らばっている。水は引いていたけれど、道路はぬかるんで、歩きにくい。

フーとトンを誘って、ビニール袋を拾いにいくと、面白いようにたくさん拾える。でも仕掛けていた竹の棒は、流れが強すぎたのか、ことごとく流されていて、跡形もなかった。まだ昼前だったけれど、かなりの収穫で、洗ってからサック婆のところにビニール袋を持っていった。でも、いつも座っている場所にサック婆の姿はなかった。カゴを背負った僕らを見つけて、隣の家のおじさんが、声高に叫んだ。

「婆さんは、川に落っこっちまった」

サック婆の家の前の川もよく溢れる。前の晩、水が増して流れの早くなっていたその川に、サック婆は滑って転落してしまった。そしてそのまま行方不明になっているそうだ。ギョロッとした意地悪そうなサック婆の眼差しを思い出した。その時、なぜだか心の奥の方がちょっぴり痛くなった。


別れの日が来た。夜暗くなってから、僕らは旅立つことになっていた。父さんからは、誰にも教えてはいけないと言われていたけれど、フーとトンだけには、こっそりと知らせていた。その日の夕方、三人でそぞろ歩いた。生臭いドブ川のにおいが、今日は、やけに目に染みた。血眼になってビニール袋を探した水路、仕掛けをしたドブ川、泳ぎのうまい僕だけが入った穴場……。いろんなことを思い出して、僕らは黙りこんでしまった。そして、知らず知らずのうちにサック婆の家に足が向いていた。灰色の川は、ゆっくりと流れていた。こんなに汚い川でも、広い海なら、透明な水に戻してくれるのだろうか。

あの洪水の日から三日後に、サック婆は河口で発見された。息はなかった。洪水で流された大木に引っ掛かっていたと聞いた。

サック婆の家の中を覗いたけれど、人の気配はない。僕らは、中に入ってみることにした。奥の部屋は、寝室だったのだろうか。外の乱雑な感じとは違って、きちんと整頓されている。奥の棚にある仏壇にろうそくが灯っていた。微かな風で揺らぐ、その光の前に、写真がふたつ。ひとつはサック婆の写真。白髪をきちんと結っていて、小綺麗な服を着て、僕らが知っている婆さんより少し若い頃の写真だった。もうひとつの写真には、男の子が写っていた。そして、その写真の前には、丸い小石が三十個ほど、きちんと積まれて、小山になっている。その小石、どこか見覚えのある……。

「あっ」とフーと僕は同時に顔を見合わせた。そう、僕らがビニール袋を二重にして、サック婆を騙したあの小石だった。

〈サック婆は、知っていたんだ〉

お金を僕らに渡す時のサック婆の眼差しを思い出していた。

その写真の子は、誰なのだろう。そして、サック婆は、平気で人を騙すような僕らのことをどう思っていたのだろう。写真の中のちょっぴり若いサック婆は、何も応えてはくれなかった。

サック婆の家の前で、黙ったまま僕らは肩を並べて川を見ていた。川が紅色に染まっていく。もう少しで、この川が流れていくあの海の方に、太陽が沈んでいくのだろう。何もかも飲み込んだ川が透明な水に還っていく場所。あの写真の男の子も、そしてサックク婆も、その場所に還っていったのかもしれない。

あの海の彼方へ、僕も行くのだ。

風の章

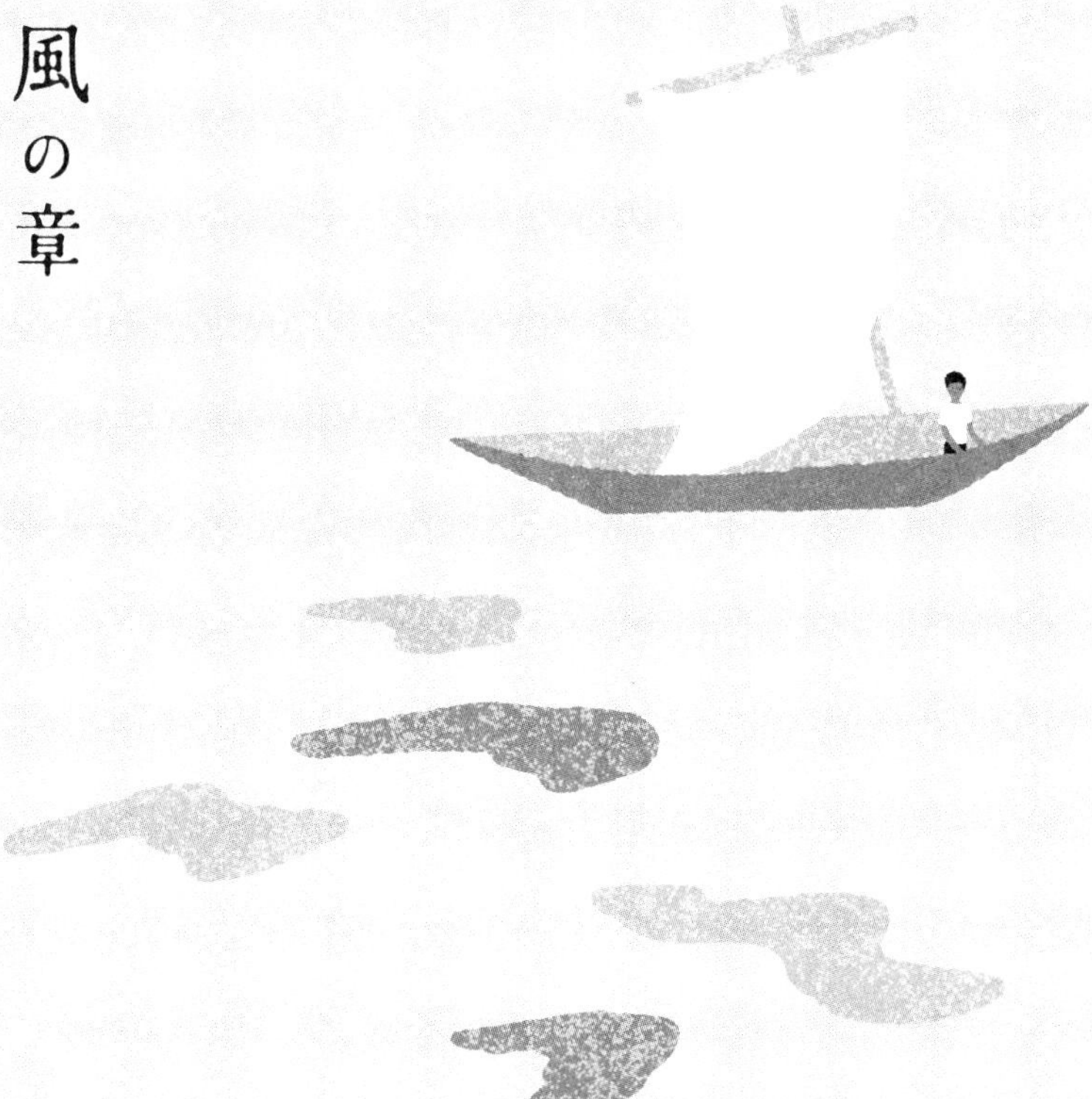

川　風

kawakaze

真夜中、僕ら家族は家を出た。フーの家の明かりも消えている。

もう二人に会えないのかと思うと、やはり寂しかった。僕が背負っている布製の袋の中には、着るものとちょっとした食べ物が入っているくらい。それと母さんから渡された掌くらいの大きさしかない巾着袋。僕ら姉弟にひとつずつ、母さんが端切れで作ってくれた。中に御札が入っているそうだ。無事、イープンに行けるように、母さんが前の日にお寺に行ってもらってきてくれた。

僕の巾着袋は空色の光沢のある布。落とすといけないからと、母さんは胸ポケットの中に縫いつけてくれた。

父さんが先頭、母さんとレビ姉さんが真ん中で、僕は一番後ろを受け持つ。男の子は僕だけだから、自然とそんな順番になった。父さんは、後ろを振り返って僕に微笑む。なんとなく父さんの言いたいことは、わかった。

「うん、大丈夫、ちゃんと母さんや姉さんを、後ろから見ているから」

僕は、そう父さんに目で合図した。

しんと静まりかえった道を、僕らは川を目指して歩く。サック婆の家の方向だから、歩き慣れた道だけれど、昼間と真夜中では、全然、違う道のようだった。ほとんどの家の明かりが消えていたから、かなり暗い。昼間はあんなに人が行き来しているのに、今はまったく人の気配がない。街が死んでしまったようで、それが怖かった。時折、犬の遠吠えが聞こえて、ビクッとした。でも、母さんやレビ姉さんを守ろうと、勇気を奮い立たせた。

サック婆の家の前を通り過ぎて、さらに川を下ると、桟橋に小さな船が何艘か停まっていた。僕らの姿を見つけると、その一艘の船頭が、船に乗るように僕らを手招きした。僕ら家族が乗り込むといっぱいになってしまうくらいの小さな船。こんな船で大丈夫だろうかと思った。

船はゆっくりと桟橋を離れた。風もなく川は穏やかだった。船の揺れに身をまかせているうちに、ウトウトしてしまった。気がついた時には、空が白々と明けはじめていた。

もう海に出たかなと、急いで外を眺めると、見えてきたのは靄に煙った岸辺。あわてて反対側を見たけれど、やっぱり陸地が続いている。まだ起きたばかりでボンヤリとしていたが、おかしいと思った。川は海に流れていくはずだ。でもこの船は、流れに逆らっている。上流に向かっている。

〈あ、間違っている！〉

あわてて、寝ている父さんを起こした。そうしたら父さんは笑った。

「海からは、イープンには行かないんだよ」

「だって、イープンは海の向こうにあるって、父さんが言ったじゃないか」

父さんは、優しく説明してくれた。海の向こうに確かにイープンはある。でもベトナムから直接、船でイープンに行くのはとても難しい。遠いから、大きな船で行っても辿り着けるかどうかわからない。まして僕らはこっそり行かなくてはいけない。そんな危険をおかしてまで海に出る船はない。もし行ってくれる船が見つかったとしても、何日も大きな海の上で、食べ物も水もなくて、飢え死にするかもしれない。

「鳥になって、イープンへ行こうと思うんだ」

父さんは、目を細めてそう言う。父さんの言っていることが、またわからなかった。鳥になるためには、タイという国に行かないといけないらしい。その国は、僕らの生まれた国を挟んで、ちょうどベトナムの反対側にあるみたい。ということは、もう一度、生まれた国に戻って、国を横切って、その向こうに行かなくてはいけない。なぜそんなにまでしてイープンに行くのだろう。父さんの計画だと、プノンペンまで船で行って、そこから車でタイに行く。なんだかイープンは、思ったより遠くにある。天国みたいなところには、そう簡単には行けないらしい。

ちょうど日が昇る頃、対岸に市場が見えてきた。たくさんの船が停まっていて、その船に市場で買い込んだ野菜や果物、大小さまざまな鍋や籐製のカゴなどの日用雑貨を積み込んでいる。僕ら家族の乗った船は、その市場の桟橋に近づいていく。そして、スーッと船は桟橋に横づけされた。父さんは船頭にお金を払って船を降りた。僕らも後に続いた。

「ここでプノンペンに行く船を探す」

父さんはそう言って、僕らを市場のはずれの日陰に腰掛けさせた。

「この川は、メコン川って言う名前で、おまえたちの生まれたプノンペンの街の方から流れてくるんだ」

この灰色をしたでっかい川は、僕の生まれた国から流れてきて、ベトナムを通って海に流れ出る。川って面白い。国なんか関係なく流れていく。

この大きな川を上っていけば、プノンペンの街に着くという。でも母さんの話だと、簡単にプノンペンには行けないみたいだ。こっそりベトナムに入ったから、今度もまたこっそりベトナムを出ないといけない。もし見つかったら、緑服たちに捕まってしまう。このまま大きな川を通って、ベトナムと僕らの国を行き来する船は、たくさんある。でも「検問」とかいう場所があって、そこを通る人びとをいちいち調べるから、こっそり国境を越えるのは難しいらしい。だから父さんは、小さな船を探しにいったようだ。大きな川には、たくさんの支流が繋がっていて、迷路のようになっている。大きな船は、通れないけれど、小さな船は、そういう小さい川を辿って、プノンペンに行くらしい。小さな船の人たちは、ベトナムから野菜や果物などを僕らの生まれた国に運んで、売って生活している。ひとつの船でひとつの家族ということが多い。だからその船の家族のふりをすれば、もし緑服たちに見つかっても、うまく国境を越えられるだろうと父さんは考えたようだ。

父さんはなかなか戻ってこなかった。日も高くなって、市場もなんだか朝の活気がだんだんとなくなって、売り子の人たちも昼寝をしている。僕らも、夜中に移動していたから、疲れていたのか眠りこけてしまった。スカケウの花の香りに似た母さんのいい匂いがした。

だいぶ日が傾いた頃、父さんがふたりの男を連れて戻ってきた。ふたりとも日に焼けて、逞しそうに思えた。船頭たちだった。彼らの船はパイナップルを運んでいて、今日の夕方に出発するという。

「家族全員を乗せてくれる船は、見つからなかった」

汗をかきながら、父さんは言った。半日交渉して見つかったのは、やっと二艘。しかもそれぞれひとりずつしか乗せられないと言われたらしい。もともと小さな船だし、商売だから少しでも多くの荷物を載せたい。だからそんなに人は乗せられない。最初は、四人一緒にと考えていた父さんも、それはとっても難しいということがわかった。でももし家族がバラバラになってしまったら、二度と会えなくなるかもしれない。

一方で、この船に乗らなかったら、今度はいつ出発できるかわからない。結局、僕らはバラバラに出発する決心をした。一艘には僕が、そして、もう一艘には、船頭になんとかお願いして、母さんとレビ姉さんが一緒に乗ることになった。父さんは、船が見つかり次第、後を追う。みんなの集合場所は、ベトナムに来る前にちょっとだけ住んだあのお化け屋敷。

パイナップル船に乗る直前に、父さんは僕の背中をポンと叩いた。父さんの言いたいことは、わかった。

船に乗り込んで後ろを振り向いて、僕は父さんに向かって手を振った。グラッと揺れて、船が桟橋を離れる。桟橋の上で手を振る父さん。だんだんとその姿が小さくなっていく。

すぐにまた会えるさ。そう気持ちを奮い立たせて、心でつぶやいた。〈母さんとレビ姉さんを、しっかりと守るよ〉と。

逆　風

gyakuhû

僕が乗った船は、バーンという名前の船頭と、小さな女の子が乗っていた。五メートルほどの船の舳先から後ろまで、パイナップルがギッシリと積んである。中央部分にだけは半円形の屋根がある。竹枠の上にゴザをかぶせただけの屋根だ。その下にはわずかに隙間があって、煮炊きの道具が置いてあった。

「こいつは、ムイって言うんだ。ひとり娘でね」

バーンさんは、目を細めて、僕に女の子を紹介した。七歳になるという。ムイは、突然、船に乗り込んで居座っている僕に驚いたのか、しばらく父親の後ろに隠れていた。僕が彼女をじっと見つめると、ちょっぴりはにかんで笑った。

「途中、何があっても誰に聞かれてもおまえは家族で、ムイの兄ということにする。わかったな」

バーンさんが強い口調で僕に言った。偽者の家族としてのパイナップル船の旅がはじまった。

ポンポンと軽やかな音がする。小さなエンジンなので、ゆっくり前進する。慣れてくるとエンジン音は気にならなくなり、船が進むとともに生み出されていく波の音が聞こえてくる。パイナップルをたくさん積んで、船体はかなり沈んでいる。縁のところを枕にして、寝転んでいると、川面が迫ってくるように近い。徐々に日が沈んで、あたりは薄暗くなる。岸辺の民家のわずかな明かりがチラチラしている。次第に星が夜空のあちこちに輝き出す。月は出ていない。川面に立つ波が、そこだけ闇の中から白く浮かび上がっている。川風が心地よい。川から立ちのぼる湿った水の匂いと、パイナップルの甘い匂いが鼻先をくすぐるように香ってくる。

　翌朝、起きてみると、すでに太陽が地平線より高く昇っている。あたりは緑の水郷地帯。稲穂が、川岸の向こうにずっと繋がっている。僕の船よりかなり後ろに、母さんたちの乗っている船が小さく見える。少しホッとした。

　バーンさんは船の後ろに座って、舵をとっている。ムイは煮炊きをしている。僕も家族の一員になったのだから、できるだけの手伝いはしようと思っていた。そう言ったら、バーンさんは優しく微笑んだ。

「まだ先は長いから、ゆっくりしていなさい」

　そのうちに、恥ずかしそうにムイが木の椀を僕に差し出した。中には、野菜の入ったおかゆが盛られていた。そういえば昨日、父さんが船を探している時に、家から持ってきた母さんお手製のオコワを食べたきりだった。急にお腹が鳴った。その音を聞いて、ムイが嬉しそうに笑った。僕は少し恥ずかしかった。

　おかゆをたいらげると、バーンさんが、手招きをした。

「舵をとってみるかい？」

　バーンさんが言った。役に立てるかもしれないと思ったら、少し嬉しかった。この船のエンジンは、棒の先についているスクリューに繋がっていて、船を進めている。まっすぐに進みたい時は、棒を船の軸先に平行にしておく。右に曲がりたいときは、その棒を左に引く、反対に左に曲がりたい時は、その棒を右に引く。その引き加減が難しいのだけれど、しばらくするとコツがわかってきて、結構、操れるようになった。

僕が舵をとるのを静かに見守りながら、バーンさんは川にまつわるいろんな話をしてくれた。たとえば、川イルカの話。濁流で視界が悪い川に棲むイルカは、目が見えなくなる。その代わりに、見えなくても察知できる特別な力が備わるようになるという。なんだかバーンさんの話を聞いていると、イルカが川から飛び出してきそうで、わくわくした。そのうちに彼の家族の話題になった。

「妻は病気で、今は外に出られないんだ。少し前から、ムイが代わりに飯の支度やら、細々とやってくれている」

「ひどく悪いの?」

「どんどん痩せてしまってね。無理をして食べても、みんな吐いてしまうんだ」

バーンさんの顔が曇った。

「この仕事が終わって、パイナップルを売ったら金が貯まるから、医者に診《み》せようと思っている」

バーン夫婦とムイとムイのお婆さんは、黒服がいた時は、運良くベトナムに逃れて、船の上で生活していたそうだ。ムイは赤ん坊の時から、ずっとこの船で育った。だから母親のやることとは、自然と覚えていった。屋根の下で背中を丸めて、手際よくお椀を洗っているムイの姿を、バーンさんは目を細めて見遣った。

「風の行き交う船の上で火を熾すのは、難しいもんだ。でも、ムイは、ちゃんと風向きを考えながら、火を熾すことができるんだ」


三日めの夕方。見慣れた水郷地帯の緑色の景色の中で、突然、バーンさんは、エンジンを止めて、「この先は、〈川賊〉が出る」と言った。少し顔がこわばっていた。

行き交う船を待ち伏せる泥棒。彼らは、性能のよいエンジンのついた高速船に乗ってやってくるから、とうてい逃げることはできないそうだ。こんな貧乏なパイナップル船には、あんまりお金はないと向こうも知っているけれど、それでも見つかったら、金をせびられる。逆らったら命がない。だから夜になったら、エンジンを止めて、帆で進む。

「風まかせって、いいもんだぞ。ほら、今日はいい風が吹いているから、行きたい方向に進む。時間はかかるがね」

バーンさんは、屋根のゴザをまず取り払って、木の棒を立てて、そこに帆をつける。あっという間に帆掛け船ができあがった。

「風って、目で見ることができるんだね」

僕が言うとバーンさんはほんの少し笑った。

夕陽に染まった茜色の空に、帆を広げる。すると風が伸びをしているみたいだ。その風の力が、水の流れをつかんで、少しずつ船が進む。風で船が動いていると、とても静かだ。とてつもなく大きな力に包まれて、あたりの気配と混ざりあう感じになる。母さんたちの船も、帆を上げたのかなと思って、振り向いてみたが、下流の方は夕闇に沈んで、よく見えなかった。

翌日も昼間は動力で、夕方になると帆を広げ、風で進んだ。月はそろそろ半月になりかけで、あたりは薄ぼんやりしていた。川幅はだいぶ狭くなっていて、両岸が迫《せ》り出した崖だった。その崖の上で、人影が動いたような気がした。

遠くの方でエンジン音が聞こえた。どんどん音が大きくなる。

「川賊だ」

バーンさんが緊張した声で言った。

黒い船の影がこっちに近づいてくる。後ろを進んでいる母さんたちの船は、大丈夫だろうか。川賊は、あっという間に船に近づいてきた。バーンさんはもう最初から逃げるのをあきらめていた。

高速船が横づけされた。二人の男がこちらの船に乗り込んでくる。わずかな月の光で川賊たちの様子を見ると、肩から大きな棒のような塊をぶらさげているのが、シルエットでわかった。あれは銃に違いない。近くにいたムイの身体を思わずかかえた。彼女も震えている。

川賊たちは帽子を深く被っていて、顔の表情まではわからないが、二人とも髭面のようだ。積荷を調べながら何やら話している。低くて太い声としわがれた声が無気味に響いてくる。

船を隅々まで調べた後、どちらかの男が舌打ちするのが聞こえた。パイナップルだけしか見つからないので不満なのだろう。男たちは踵を返してバーンさんに近寄っていった。

太い声の主の命令で、バーンさんは懐から財布を取り出し、そのままその男に差し出した。

男はそれをわしづかみにして、中から紙幣を取り出すと、空っぽの財布を川に投げ入れた。

「賊長、この子はどうです？　飯焚きにいいんじゃないですか」

ムイを指さして、しわがれ声の男が言う。その男の顔が月明かりに照らされて見えた。右頬には、五センチほどの傷がある。

ふと笑った男の顔に、何ともいえない残酷な表情が浮かんだ。どこかでこんな顔を見たことがある。感情ひとつ動かさずに乱暴する、死人のような顔。

ムイは震えながら、僕の腕の中に顔を埋める。

「まだ子供じゃねえか。でも可愛い顔してるな」

賊長と呼ばれた男も笑う。ムイが危ない、と思った瞬間、バーンさんが叫んだ。

「こいつを連れてってください。よく働きますから」

そう言って僕の背中を押した。僕はしばらく自分に何が起こっているのかが、わからなかった。頭がすっと真っ白になった。

「薄情なオヤジだな。せっかくだから見張り役にでも使うか」

「そうですね、賊長。飯焚きや薪拾いもあるし」

傷のある男は僕の腕をつかんだ。

僕は頭の中がグルグルまわっていた。本当の家族みたいだと思っていたのに。

バーンさんの顔を見た。彼は僕の視線をかわした。僕の手の中で、ムイはまだ震えていた。その時、父さんや母さん、そしてレビ姉さんの顔が浮かんだ。殺されるかもしれないという恐怖が襲ってきた。涙がこぼれそうになる。

川賊たちはパイナップルを両手にかかえて、僕の背中を乱暴に押しながら自分たちの船に乗り移ろうとする。僕は従うしかなかった。

高速船がエンジンをかけると、あっという間にバーンさんの船は、闇の中に取り残されていった。

時化

sike

背中がひんやりする。ハッとして目をあけると、ゴツゴツした白っぽい岩肌が見える。全体的に薄暗い感じだけれど、どこからか光が漏れている。少し身体を起こして、あたりを見まわしてみると、僕は洞窟の中に寝転んでいた。掌大の石が積み上げられてカマドになっている。そのまわりを囲むようにして、髭面の男が三人。毛布にくるまって寝ていた。豪快ないびきが洞窟の中にこだましている。

そうか、ここは川賊の洞窟だ。

昨晩のことがだんだんと思い出されてきた。バーンさんの船から高速船に乗り移った後、川賊たちはプノンペンの方から来る通りがかりの船を襲った。僕は手足を縛られていたから、高速船の窓から覗くことしかできなかったけれど、その船は二階建てで、豪華な船だった。川賊だと気がついて、その船はあわててエンジンをかけて逃げた。でも川賊の高速船のエンジンの方が断然早かったから、あっという間に追いついた。

川賊たちが乗り込んで、すぐに銃声が響いた。とたんに女の人の悲鳴や赤ん坊の泣き声が聞こえてきた。立て続けに銃声が鳴った後、あたりは再びしんと静まり返った。

しばらくして、川賊が戻ってきた。彼らの会話を聞いて、背筋が凍った。

「この船は、当たりだったな」

「馬鹿なやつらですね。素直に金を出せば助けてやったものを……。何だ、その目つきは、文句あるのか」

傷のある男が、船を運転していた男を思いきり殴った。殴られた男は甲板に投げ出された。

「やめろ。早く戻って、祝杯をあげるぞ」

賊長のひと声で、殴られた男は無言で立ち上がり、船のエンジンをかけた。

襲った船は、オートバイを売った帰りで、かなり金があったようだ。この洞窟に戻った後、川賊たちは上機嫌で、酒を酌み交わしていた。

僕は洞窟の中に手足を縛られたまま放置された。僕もいつ殺されるかわからない。歯を食いしばっても、震えが止まらなかった。川賊たちはすぐに酔っぱらったから、なんとか逃げ出せないかと考えたけれど、縛られているから身動きがとれなかった。そのうち眠ってしまったらしい。

「よう、坊主、起きたな」

振り向くと入口の光の中に髭面の若い男が立っていた。右目のまわりが青く腫れ上がっている。昨日、仲間に殴られた男らしかった。

「ほら、仕事が山積みだぞ」

手足のロープをはずしながら、男はそう言って、タライを僕に渡す。僕が不思議な顔をすると、「洗濯だよ」と男は言った。中にはむせ返るようなにおいがする洗濯物が山盛り入っていた。昨日の夜の名残だろうか。血で染まったシャツもあった。とにかく言われたことをキチンとやって、殺されないようにしなければ。

「逃げようって思っても無駄だぞ。ここからは逃げ出せないからな」と、男は言い捨てた。

洞窟の前は、入り江になっていて、高速船が一艘、停まっているだけだった。入り江の両側は絶壁で、とても登れそうにない。

洗い終わった服を一本のロープで岩と岩を結んで干す。「終わったら、こっちへ来い」と、洞窟の中から男の声がしたので、あわてて洞窟へと走った。一瞬、目の前が真っ暗になる。すぐに目が慣れると洞窟の奥に石段があって、その石段を登っている男が見えた。岩と岩の間へとその石段は伸びていて、かすかにその先から明かりが漏れていた。まだ他の川賊たちのいびきが豪快に響いている。男が手招きするので、男の後に続いて、その石段を登ることにした。かなり急な石段だ。石段を登りきって、一メートルほどの穴から身体を出すと、絶壁の上に出た。そこから、川が見晴らせた。この崖、見覚えがあった。暗かったけれど、川賊が現れる前、崖の上で人影を見たところが、この場所に違いない。ここからなら、川を通り過ぎる船を見逃さないだろう。

「今度は薪拾いだ」

そう言って、男が目を向けた先には、森の斜面が続いていた。かなりの勾配でバランスを崩すと、あっという間に転げ落ちそうだ。その急斜面の上には大きな岩が斜面に迫り出すように出ていて、行く手を拒んでいた。この急斜面を登って逃げるのも無理のようだ。男が言うように、確かに川賊の根城は、逃げ場がない。

僕が薪を拾い集めている間、男は崖の上で煙草を吸っていた。ひとかかえほどの薪を集めると、男は手招きして、近くに座るように指図した。

「いい眺めだろ？　俺はこの場所が一番好きなんだ」

風が顔を撫でていく。もう太陽はかなり高い。確かに、ここは見晴らしがいい。ゆっくりと川は流れていて、川面がキラキラと輝いている。男の顔にも、川から反射する光が当たる。僕の顔にも当たっているはずだ。

「オヤジをうらめ」

男は僕に向かってそう言った。

「おまえは、妹の身代わりになったんだってな。俺なんか、オヤジに五百ドンぽっちで売り飛ばされたんだぞ。口減らしさ。ちょうどおまえの歳くらいの時だったな。仲買人から最終的に俺を買ったのが今の賊長さ」

そう言って、男はしばらく黙ったまま、再びキラキラ光る川面を見ていた。川から湧き上がるように、風が吹いた。

「風は不思議だ。目には見えないけれど、肌に感じて、誰もが、そこに吹いているって気がつく。時々、風になりたいって、思うことがないか。風はどこにでも飛んでいける」

男のつぶやきに、風をいっぱいに包み込んでいるパイナップル船の帆が、頭をよぎった。変なことを言うやつだと僕は思った。

「坊主、おまえの名前は？」

「ワンディ」

「俺はコイ……。さぼらずにやれよ」

僕が頷くと、コイは、つぶやいた。

「こんな目に遭うのは、おまえだけじゃないんだ」

またコイは口をつぐんだ。吸いかけの煙草を地面に放り投げ、足で火をもみ消すと、コイは声色を変えた。

「ノロノロしていると賊長が起きちまうぜ。賊長が起きた時、飯ができてないと、ぶん殴られるぞ」

僕たちは大あわてで食事の用意をした。賊長たちが起きてきたのは、日が沈みかけた頃だった。暗くなってから、川賊は仕事に取りかかった。四人のうちのひとりが見張り役になって、残りの三人で船を襲うというパターンらしい。

食事の片づけが終わると、僕はまた手足を縛られた。でも一日中、働きづめだったから、知らない間に眠ってしまった。

昼前に起こされ、洗濯をし、薪を拾い、米を炊く。そんな日々が三日続いた。三日めになると、根城での仕事もだいぶ慣れてきたが、殴られるのが怖くて、手を抜かずにやるしかなかった。いちばんたいへんなのは、薪拾いだった。毎日拾っているのだから、薪は簡単には見つからない。さらに登って、探しにいかなければならなかった。地面ばかり見て歩いていたので、気がつけば、かなり勾配のある斜面の途中にまで足を踏み入れていた。斜面を覆うように木々が斜めに生えている。その中に、ウロのある木を発見した。他の木よりも太く、樹皮もところどころ剝げていて、老木のようだった。

なんとか薪を集め、洞窟に降りようとすると、誰かが登ってくるところだった。石段は人ひとりしか通れないので、穴の前で待つことにした。穴から顔を出したのは、コイだった。右目のまわりの痣は消えかけていたが、今度は左の頬が腫れていて、唇が切れていた。そこからはまだ血が出ている。バツの悪そうな表情をしながら、「坊主、おまえも気をつけな。アニキを怒らせるんじゃないぞ」と言った。

コイは、顔に傷のある男のことをアニキと呼んでいた。

「アニキがキレたら、賊長より怖い。人の命なんか虫けら同然だと思っている。おまえなんか、ひとひねりだぞ」

傷のある男の死人のような眼差しが蘇った。僕はまだ殴られたことはなかったが、睨みつけられると身動きができないほどゾッとした。

「黒服が来る前は、金持ちだったらしいぜ」

「金持ち？」

昔住んでいたプノンペンの家のことが、ふと蘇った。

「あの顔の傷、逃げ出す時に、黒服にやられたみたいだ。抵抗したせいで、目の前で家族を殺されたらしいぞ」

コイのその言葉に、ある男の顔が、突然、頭の中に飛び込んできた。デベソ村でウィーおばさんにナイフを振り下ろす瞬間の、黒服の顔だった。人を傷つけようとしているのに、その顔には、表情というものがなかった。まるで死人のようだった。

すると記憶が次々に溢れ出す。炎天下で歩いた砂埃の道、朝から晩まで食べ物を探した荒れ地のにおい、おかゆの中のわずかな米の舌触り……。黒服に苦しめられた日々のことが、駆け巡る。傷のある男もまた、追われる日々を送ったのだろうか。家族を殺され、逃げまわっているうちに、川賊になったのか。そして黒服と同じような顔つきに変わっていったのか。そんなことを考えているうちに、ふと、得体のしれない恐怖感に包まれた。虫を踏みつけるように簡単に人を殺す。ここにいたら、僕もあの男のようになってしまうのだろうか。

〈嫌だ〉

その時、強い感情が僕の心に湧き上がってきた。僕はあんな人間には決してならない。ここにいては、いけない。絶対に、逃げ出してやる。

コイに気持ちを悟られまいと下を向いて、僕は薪をかかえ直した。


その日の夜中、高速船のエンジン音で、目が覚めた。川賊たちが戻ってきたようだ。手足が縛られているので、思うように起き上がれない。なんとか身体を起こして洞窟の外を見ると、まだ外は真っ暗だった。

顔に傷のある男の自慢げな声が聞こえてきた。何だろうと身体の位置を変えようとしたその時だ。まぶしい光がきらめき、あたりを明るくしたかと思うと、地響きみたいな音とともに身体が宙に浮き、そのまま地面に肩から叩きつけられた。その衝撃で、ランプが倒れて火がついた。何が起こったのかわからなかった。とっさに僕は手首のロープに火をつけて切った。ものすごく熱くて痛かったけれど、必死だった。とにかくここにいたら危ないと思い、足のロープをはずし、手探りで壁を伝って洞窟の奥の方へと入っていくと、石段に辿り着いた。外では銃声が響いている。怖かったけれど、落ち着くように自分に言いきかせ、踏みはずさないように、一段、一段、石段を登った。なんとか絶壁の上に出ると、洞窟の中よりは明るかった。夜明けが近いのか、闇が徐々に紫色に変化しているところだった。下を覗くと、川面に一艘の角張った船が浮かんでいる。そこからまたまぶしい光が飛び出した。思わず地面に僕は伏せた。地面が揺れ、再び身体が宙に浮いた。これは、生まれた国で何度か見たことがある。大人たちは「迫撃砲」と言っていた。この一発の後、銃声が途切れた。

しばらくして、船が横づけされた。地面に伏せたまま下を窺っていると、数人の人影が上陸した。それが緑服の兵隊たちだとわかった。

「助かった！」と思った瞬間、再び震えがきた。緑服に見つかってはいけないことを思い出したのだ。もし緑服たちに見つかったら、川賊の一味だと思われて、殺されてしまうのだろうか。たとえ川賊の一味ではないと信じてもらえて、命が助かっても、僕がこっそりベトナムにいることが知れたら、結局、捕まってしまう。

明るくなったらこの場所も危ない。この場所に通じる石段は簡単に見つかってしまうだろう。でも、逃げ場がない。どうしよう？　その時、斜面の途中にある老木のことを思い出した。僕の背丈ならば、あのウロの中に、なんとか潜り込めるかもしれない。僕は音をたてないように薪を拾った森の斜面を登った。膝下くらいの高さのウロの中に身体を滑り込ませると、内部は思ったよりも広く、身体を起こすぐらいの空間があった。

緑服たちは、ほどなく絶壁の上に登ってきた。動きまわる緑服の硬い靴底の音が響く。心臓も肺も自分のものではないようだ。

〈生きるんだ〉

この言葉を、まじないのように、何度も何度も口の中でつぶやいた。

よろよろとウロから出ると、外は白々と明けてくる頃だった。一昼夜もウロの中にいたようだ。喉がカラカラだった。下を覗いてみた。すでに緑服の船はなかった。ゆっくりと石段を降りてみる。一歩ずつ石段を踏みしめる音が、洞窟の中に響いて、そのたびに心臓がビクッとした。

洞窟の外に恐る恐る出てみた。入り口あたりは、迫撃砲が命中したのか、大きな岩がたくさん転がっていた。川賊たちはみんなどうしたのだろう？　もしかしたら死んでしまったのかもしれない。

ここからどうやって脱出しよう。なかなかいい考えは思い浮かばなかった。すると下流の方からこちらに向かってくる小さな船を見つけた。このチャンスを逃したら、もう脱出できないかもしれない。また緑服が戻ってくるかもしれない。あの船に乗っている人に、この場所に僕がいることを知らせる方法はないか。手を振って叫んだくらいでは、気がついてもらえないだろう。それでも、とにかく叫ぶしかない。腕を力いっぱい振り、飛び跳ねながら、僕は大声で叫び続けた。

「助けて！」

何度も何度も叫んだ。声がかすれそうだった。泣き出したいくらいだった。でもちぎれるほど腕を振り上げながら、叫び続けた。

どれだけそうやって叫んだことだろう。とうとう船の上の人がこちらに気づき、手を振り返してくれた。そして、船が岸辺へと向けられるのが見えた。僕は入り江に近づいてその船が横づけされるのを待った。一瞬、洞窟の方を振り返った時、人の気配を感じた。ドキッとして、目を凝らして見ると、崩れ落ちた岩盤の下に、うつ伏せになった男が横たわっていた。腰から下は見えない。恐る恐るまわり込んで顔を覗く。コイだった。目を閉じて眠っているように見えたが、息はしていないようだ。

川面から吹き上がった風が、ふっと頬を撫でていった。

……とその時だ。足首をギュッとつかまれた。最初、僕は何が起こったのか、わからなかった。とっさにその手を振り払おうと思った時、コイの目が見開かれているのに気がついた。まだ生きている。足首に伝わる掌のねっとりした感触が、背筋を凍らせ、身動きができない。虚ろなその目が、僕の瞳を捕らえる。まるで死神が、僕をあの世へと引きずりこもうとしているかのようであった。

僕は無我夢中でコイの腕を振り払った。

「風は不思議だ。目には見えないけれど、肌に感じて、誰もが、そこに吹いているって気がつく。時々、風になりたいって、思うことがないか。風はどこにでも飛んでいける」

どこからか聞こえてくるコイの声をかきけすように、僕はただひたすらに走って逃げた。

森の章

精　霊

seirei

近づいてきた船は、前と同じようなパイナップル船だった。横づけされるやいなや、船に飛び乗った。コイが追いかけてくる。そんな気がして、後ろを振り向くことなどできなかった。

年老いた船頭がひとりで船を操っていた。僕は川賊に捕まっていたことを話し、この船に乗せてもらえるように必死でお願いした。船頭は、ちゃんと僕の話を聞いてくれた。食事の支度をするのならば、ただでプノンペンまで乗せてくれるというので、喜んで引き受けることにした。

それから三日後、プノンペンの港に着いた。パイナップル船ばかり並んでいる。乗せてくれた船頭が、まわりの船頭仲間に、母さんやレビ姉さんを乗せた船が着いているかどうか聞いてくれたが、みんな首を横に振った。

僕はさっそく、待ち合わせ場所のお化け屋敷に向かうことにした。港からは、そう時間はかからないと思っていたのだが、母さんたちに少しでも早く会いたいと焦っているのか、かなり遠く感じられた。だいぶ歩いて、見覚えのあるお化け屋敷の通りに出た頃には、日が暮れかかっていた。

家の前まで来てみると、なんだか前とはずいぶん違っていた。門の扉のペンキは新しいし、花々の咲いた植木鉢が並べられている。「お化け屋敷」なんて言えないほど、綺麗になっている。チャイムを鳴らすと、門の扉がちょっと開いて、知らない女の人が顔だけ出した。僕がここにいたのはもう一年も前なのだから、他の人が住んでいてもおかしくない。

「前にここに住んでいたワンディといいます。僕の家族が訪ねてきませんでしたか？」

なるべく丁寧に僕がそう聞くと、「知らない」とその女の人は首を横に振ると、素っ気なく門を閉めた。母さんたちだけでなく、父さんもとっくにプノンペンに着いているはずだ。どうすればいいのだろう。みんなを探すあてもないまま、僕は途方に暮れて、家の斜め前の大きな木の下に、座り込んだ。木は、枝を大きく広げ、緑色の葉で包まれている。木の幹に凭れて座っていると、木肌のゴツゴツした感じが伝わってきた。

港の方にも行ってみようかなとも思ったけれど、暗い夜道を歩くのは怖かったし、丸一日何も食べていなかったから、ふらふらして動けなかった。それに、もしかしたら、僕を探しに、家族の誰かがここに来るかもしれない。そう思うと、少しだけ元気が出る。とにかくここで待ってみようと思った。僕は母さんからもらった巾着袋のことを思い出した。「ワンディ、何かあったら、巾着袋を開けて、御札に祈りなさい」と母さんが言っていた。僕は胸ポケットに縫いつけられている糸をはじめてはずしてみた。青色の巾着袋は、かなりボロボロになってしまっている。その巾着袋の中に指を突っ込むと、木の感触。御札だろう。さらにひんやりとした感触があった。巾着袋を逆さまにすると、中から木でできた御札と金の塊が出てきた。母さんのネックレスの鎖のひとつだ。

僕は思わず、「母さん」とつぶやいた。なんだか涙が出てきた。巾着袋をしっかり握りしめながら、僕はただひたすら家族のことを思った。

突然、肩を叩かれて、目をあけると、ふっと白いものが視界の中に入ってきた。知らないうちに、眠りこけていた。あたりを見まわすと、丸い月がかなり空の高いところに輝いている。その月に照らされて、ひとりの老人が立っていた。白いものは、その老人の長い顎鬚だった。そこだけ透き通るような感じで浮かび上がって見えた。

「これを飲んでごらん。精がつくぞ」

その老人は、僕に木の椀を差し出した。中には、黒っぽい液体が入っている。飲んでみると、甘かったけれど、ちょっぴり苦味が舌に残る。飲み干してしばらくすると、ポカポカと身体の中が温かくなってきた。

「これ薬？」

僕の問いには応えずニッコリと目を細めて、老人は木の幹に耳をつけた。

「おまえもやってごらん」

僕も真似をしてみる。

「何も聞こえないよ」

老人は耳をつけたまま動かない。よく見ると、目をつぶっている。

僕も目をつぶって、耳を澄ましてみる。ドク、ドクという僕の心臓の音が、聞こえてきた。

リズムに合わせるかのように、何かがはじける音がする。瞼の奥に、その音が浮かんでくる。とても不思議だった。透き通っているもの。流れていくせせらぎのようなもの……。

「聞こえるかい、命の音だよ。この木は沙羅双樹と言ってな。もう何百年も生きている」

「ずっと昔のことを知っているんだね」

「そうだ。いろんなことを見てきた、この場所でね」

「木は動けないもんね」

「根があるからな。根があると、急がんでもいいからな。人間のように」

「おじいさんは、誰？」

老人は何も応えないで微笑んだ。そして僕が握りしめていた巾着袋を指さした。その時、強い風が吹いてきて、僕は目をつぶった。顔を上げると、老人の姿はなかった。

東の空が白々と明けてくる。朝を告げるその光は、闇一色の世界に次第に色をつけていく。沙羅双樹の木の幹は、黒っぽい褐色だった。その色の中に薄緑の色が隠れているのを僕は見つけた。それは、幹自体から生えてきた小さい若葉だった。

同じ場所でじっと、この木は生きているのだ。

穀物

kokumotsu

お腹は減っていたけれど、母さんのネックレスの鎖を、すぐに食べ物に換える気にはならなかった。もう一日、ここで待つことにした。それでだめだったら、港の方へ母さんたちを探しにいくつもりだった。

「元お化け屋敷」の門は二度ほど開いたが、出入りする人は、知っている顔ではなかった。人力車が行き交う本通りからは一本中に入った路地なのだが、結構、人の往来はあった。人が通るたびに僕が顔を覗き込むので、道行く人たちは怪訝そうな顔をしたが、僕のことなど構わずに通り過ぎていく。僕にとっては、その方がありがたかった。声をかけられたら、気が緩んで涙がこぼれるかもしれないから。自分の心細い気持ちを、他人に知られたくなかった。弱みを見せてはいけないのだ。バーンさんの顔が頭をよぎった。

空が夕焼けに染まる頃、聞き慣れた声がした。

「ワンディ！」

小さな通りの向こうに、父さんの姿を見つけた時は、思わず涙が出た。どこにそんな力が残っていたのかと思うくらいの早さで、僕は駆け出した。そして、父さんに泣きながら飛びついた。

「やっぱり、迎えにきてくれたね」

一瞬、抱きついた父さんの感触が、いつもと違うような気がした。

「あたりまえじゃ、ないか。ひとりで心配しただろ？　ここでおまえは何日待ったんだ？」

川賊に捕まったことを話そうとして、言葉を飲み込んだ。黙っている僕を抱きしめながら、父さんは話を続ける。

「母さんもレビも途中で一緒になったんだ」

父さんは、僕らと別れてから三日めにようやくプノンペンに向かう船に乗せてもらった。プノンペンまであと二日というあたりで、思いがけなく母さんたちの船に追いついたという。母さんたちが乗っていた船は、出発して三日めにエンジンが壊れてしまい、それからずっと風まかせで進んでいたようだ。そこで父さんは、乗っていた船頭に追加のお金を払って、母さんたちの船を引っ張ってもらうことにしたのだ。

僕の方が先にプノンペンに着いていたんだ。そう思うと、張りつめていた気持ちがプツンと切れた。縛られた縄が擦れる痛み、血で染まった洗濯もの、ウロの中での心細さ、そして、置き去りにしたコイの掌のねっとりした感触……。洞窟での出来事が、頭の中を駆け巡った。

「父さん……」

僕は、再び言葉を飲み込んだ。僕がひとりで体験したこと。僕が見たこと。それをどんな言葉で語ればいいのだろう。父さんの心臓の音が聞こえる。こんなに痩せていただろうか。ほんの数日しか離れていなかったのに、不思議と父さんがひとまわり小さくなったような気がした。腕の中にある父さんの温もりを感じながら、僕は、言葉にならない思いをかみしめていた。たとえ、世界でいちばん好きな人に対してさえも言えないことがあるのだ。あのときの恐怖、心細さ。それはきっと、誰にもわかるはずがない。僕ひとりだけのものだった。


その日は、港の近くにあるトタン屋根の小屋に泊まることになった。僕の顔を見ると、母さんもレビ姉さんも小屋から飛び出してきて、僕を思いきり強く抱きしめてくれた。母さんのいい匂いに包まれた瞬間、あまりに嬉しくて気絶しそうだった。

翌日、父さんはタイへ行ってくれる車を探しにいった。僕らは近くの川で洗濯や水浴びをして、父さんの帰りを待った。その日は、日が暮れても、父さんは戻ってこなかった。しかたがないから、僕らは小屋でまた寝ることにした。

「ワンディ、起きなさい」

母さんの声が遠くの方でする。ハッとして目をあけると、みんな起きている。父さんが帰ってきていて、とにかく急いで出発の準備をするように言われた。眠くてぼんやりしたまま、僕らは父さんの後に黙ってついていった。

あたりはしんとしているけれど、満月に少し欠けるような月の光でかなり明るいから、怖くはなかった。大小さまざまな船が浮かんでいる港を右に見ながら歩いていくと、四角い建物が並んでいる場所に着いた。いろんな船から降ろされたものを積み上げておく倉庫のようだ。その四角い建物のひとつに入った。裸電球がひとつだけついていて、中の様子が、ぼんやりと見えた。その倉庫の中には人影があった。中に入ると本当にたくさんの人がトラックの荷台に乗る順番を待っていた。僕ら家族が乗り込んだのは最後の方だった。

荷台はすしづめの状態だった。全員が乗り終わると、誰かが荷台の後ろの方に麻袋を積み上げて、入り口を塞いでいく。わずかな隙間からこぼれていた裸電球の光も消え、まったくの闇の中になった。

　エンジン音がして、トラックは鈍い金属音をたてて動き出した。手探りをして、なんとか荷台に腰を下ろした。道は悪く、時折、飛び上がるほど揺れる。

「父さん、タイまでは、どれくらいかかるの？」

　僕がそう訊ねると、静かにと制止された。

揺れるたびに、隣の人の身体にぶつかった。僕がいられる場所は、お尻ひとつ分だけだった。父さんの腕をつかみながら、身体を丸めて、同じ姿勢でじっとしているしかなかった。すぐにあちこちが痛くなって、おまけに息苦しくて一睡もすることができなかった。

　急に揺れが止まったかと思うと、エンジンが止まり、積み上げられている麻袋の右端の方から、光が瞬時に溢れてきた。長い間、闇の中だったから、眩しくて最初は目があけられなかった。麻袋が右端の一列だけ降ろされて、そこに隙間ができた。中にいた人たちが、次々とそこから降りていく。あたりを見まわすと、そこは低木の生い茂る褐色の荒れ地のようなところだった。

「タイに着いたの？」

近くにいた父さんに、小声で聞いてみた。父さんは首を横に振って言った。

「まだまだ遠いよ」

僕が背伸びをしていると、「少し休憩にする。あとは夜まで走りづめだぞ」という声が聞こえた。岩に腰を下ろして煙草をふかしていた大柄で髭面の男の声だった。

「運転台に乗ってみても、いい？」

少し怖かったが、その男が運転手だとわかって、勇気を奮い起こして僕は言ってみた。男は面倒くさそうな顔をしたが、ダメだとは言わなかった。運転席から眺めると、視界が広くなったような気がした。荒れ地の向こうの遠くの山まで見晴らせる。ハンドルを握ってみる。油っぽい感触が、掌に伝わってくる。

ふとフロントガラスに一枚の写真が貼ってあるのを見つけた。背丈や顔形がそっくりで、お揃いのピンク色の服を着ている双子の女の子が写っていた。そしてふたりを両腕にかかえているのは、髭面の運転手だった。強面の顔つきは同じだったが、なぜだか目尻だけは下がっているように見えた。

運転台から降りて、腰を下ろして休んでいる父さんのそばに行くと、父さんはタイに行く方法を説明してくれた。タイの国境に着くまでには、検問がたくさんある。その検問は、証明書がないと越えられない。このトラックは証明書を持っていて、タイに米を運んでいる。麻袋の中身は米だったようだ。でも、それは表向きのことで、本当は、内緒で国境を越えたい人たちを乗せるためのトラックだ。みんな黒服がいた苦しかった時のことを忘れられない。黒服たちがまた戻ってくるという噂がずっとあるそうだ。だから、僕たちの家族のように、タイに逃げたい人はたくさんいる。その人たちからお金をとって、タイに運ぶ。僕らは米。今まで、みんながずっと静かにしていたのは、まだプノンペンの街の近くで、いっぱい検問があったからだ。荷台に乗っていたのは、四十人くらいだろうか。みんな疲れた表情をしながら、家族で寄り添うように地面に座っている。

「わー、可愛い」とレビ姉さんの声がした。振り向くと、少女がかかえている白い布の中を、レビ姉さんと母さんが覗いていた。僕も覗いてみると、プクプクした赤ん坊の頬っぺたが見えた。思わず微笑んだ。

「男の子？　女の子？」

僕は訊ねた。

「男の子。トゥメイという名前よ。生まれて七ヵ月」

トゥメイは、気持ちよさそうに眠っていた。トゥメイの家族は、痩せていて小柄なお父さんのソイさんとほっそりとした顔をしたお母さんのリシさん。そして、トゥメイを抱いていたのがお姉さんであるリュイ。リュイは僕と同い年だったが、僕より少し背が高かった。

母さんはトゥメイを嬉しそうに抱いた。僕は亡くなった弟のアソックのことを思い出した。

運転手が出発するとみんなを促した。僕らは先を急ぐようにまたトラックの荷台に乗り込んだ。

「ギャー」

あまりにも揺れがひどく、トゥメイが大声で泣き出した。暗闇の中で、あわててあやしているリシさんの声が聞こえてくる。「お乳をあげてみたら？」と近くで母さんの声がした。

どれくらいトラックに乗っていただろう。次の休憩時には、外は真っ暗だった。トラックから降りても、しばらくは身体が揺れているような気がした。トラックの中は、むせかえるようだ。検問がいつあるかわからないから、停めてほしいとは頼めない。だから、みんなの汗や、排泄物の臭いでいっぱいなのだ。その息苦しさから解放されて、思いきり深呼吸をした。

僕は地面に大の字に寝ころんだ。身体中が痛くて、へとへとに疲れていた。夜空をじっと見上げていると、星が瞬いていた。地面からは、昼間の太陽の温もりを感じた。外は本当に気持ちよくて、眠ってしまいそうになった。ふっと目をつぶったら、せせらぎの流れる音がした。喉が渇いていたから、起き上がって音の方向へ行ってみることにした。すぐ近くに小川があった。僕は掌ですくって、水を飲んだ。ひんやりとして美味かった。

小川が流れていく方に、人影を見つけた。その小川のそばにしゃがんで何やらやっている。近づいてみると、肩まであるおさげ髪に見覚えがあった。

「リュイ」

彼女は大きな瞳を見開いて、ニッコリとした。

「何をしているの？」

「トゥメイが、さっき汚しちゃったの」

そう言うと彼女はまた視線を手元に移して、白い布を小川に浸していた。よく見ると、うんちでベトベトになった布を洗っていたのだ。丁寧に、でも力強く洗う彼女の腕は細かったけれど、とても逞しく見えた。

布をこすり合わせる細い指、息遣いがもれる唇、手の動きとともに揺れるおさげ髪……。

僕は、なんだかくすぐったい気持ちになって、息が苦しくなった。

「汚ないなぁ」

どうしていいかわからず、僕はそう言い捨ててその場を離れた。

漆　黒

sikkoku

出発してから何日経ったのだろう？　トラックに揺られ、人里離れた場所で、日に何回か降りて休憩する。そんなことを繰り返していた。荷台の闇の中で、またトゥメイが泣き出した。トゥメイは、時々ぐずっても、あやしたりお乳を飲めば、すぐに泣き止むいい子だった。でもその時は、何かが気に入らなくて、なかなか泣き止まなかった。

「うるせぇな」

闇の中で、誰かが怒鳴った。一緒に乗っている人たちも疲れがピークに達していた。みんなささくれ立った気持ちになっていて、あちらこちらでけんかが起こった。もちろん大声を出してはいけないから、すぐにまわりの人に止められるのだけれど。

リシさんの、謝るか細い声が震えるように聞こえてくる。

「赤ちゃんは、泣くのが仕事だからね」

母さんがかばって言った。けれども、さっき怒鳴った男の声が、追いうちをかける。

「もし、検問に見つかったら、どうするんだ」

「申し訳ありません」

リシさんの声が、再び闇の中に響く。重苦しい空気が流れ、誰もが黙ったままだった。

トゥメイの泣き声だけが、トラックのエンジン音と重なり合っていた。

それからしばらくして、トラックが停まった。夜になっていた。低木の陰でトイレを済ませて戻ってくると、トラックを囲むように人垣ができていた。

「……見つかったら、どうするんだ」

「降ろせ！」と声がする。

「こうやって乗りあったのも、何かの縁じゃないですか。見捨てては行けないですよ」

怒りをなだめる父さんの声がした。

「命がかかってんだぞ。責任とれるのかよ」

「赤ん坊ひとりの命とわれわれの命と、どっちが大切なんだ」

人垣をかきわけて隙間から顔を出してみると、ソイさんの家族が真ん中にいた。トゥメイはまた大声で泣き出してしまった。リシさんはトゥメイのお尻のあたりを優しくさすりながら、必死であやしている。リュイは下を向いたまま、ソイさんの手を握っている。心なしか震えているように見えた。父さんと母さんも、ソイさんの家族のそばにいた。

こんなところにひとりで置き去りにしてしまったら、トゥメイは生きられるわけがない。

「とにかく、落ち着きましょう」

父さんがそう言っても、人びとの怒りは止まなかった。

その時だ。人垣の中からひとりの男が走り出たかと思うと、あっという間にリシさんからトゥメイを奪い取った。

「俺が代わりに捨ててきてやるよ」

その男は、そう言い捨てた。必死でとり戻そうとするソイさんやリシさんを阻むかのように、自然と人の壁ができていた。泣き叫ぶトゥメイの声が暗闇の中で響く。みんな遠くを見ているような目をしていた。何かに憑かれたようで、視点が定まっていない。さらに激しい口調で、トゥメイに対して口々に非難の言葉を浴びせかける。トゥメイのせいではないのに。僕は怖くて動けなくなった。

「待ってくれ」

声がしたかと思うと、大柄な人影が人垣の中へと入っていくのが見えた。一瞬、その場はしんと静まり返った。しばらくすると、あの髭面の運転手がトゥメイをかかえて出てきた。リシさんにトゥメイを渡し、ひとりひとりの顔を見まわした。しばらく沈黙の時間が過ぎた。僕にはずいぶん長く感じられた。運転手はゆっくりと、口を開いた。

「俺は多くの乗客を安全にタイに運ばなきゃいけない。でも、そのために赤ん坊を置き去りにするってのもな。俺にだって子供がいるし」

そう言って、ソイさんの方を向く。

「赤ん坊を置き去りに、できるかい？」

ソイさんは、首を横に振った。そして、絞り出すような声で言った。

「私らは、降ります」

「俺を恨んでくれていいよ。もし検問で見つかったことを考えると、やっぱり赤ん坊を連れていく危険はおかせないんだ」

運転手はソイさんの顔を見た。そして続けた。

「でもな、あんたには、もうひとつ選択肢が残っていると思う。歩いていったら、どうだい？ ここまで頑張ってきたんだからさ。タイの国境まで、もうそんなに遠くはない。ここから西に行けばタイとの国境に出る。森の中を歩いた方が、かえって安全かもしれない」

「私らだけで、歩けるでしょうか？ 子供だって小さいし」

ソイさんは不安げに言った。

「わからない」と運転手はつぶやく。

あたりは、再びしんとなった。ほんの一瞬、リュイが、こっちを見ているような気がした。

「僕が一緒に行くよ」

気がついたら、そう叫んでいた。

「何を言っているんだ、ワンディ。おまえに、何ができるというんだ」

「わかんないよ。でも、何かしなきゃいけないんだ」

知らず知らずのうちに涙が出ていた。悔しくてたまらなかった。

父さんは僕の腕をつかんで、人垣を押し分けて、トラックの後ろに引っ張っていった。殴られると思った。身構えている僕に、父さんは静かに言った。

「落ち着け、ワンディ。おまえの言うとおりなのかもしれない。父さんだって迷った。でもトゥメイの家族とおまえたちのことを天秤にかけたら、一緒に歩いていくとは言えない。父さんにはおまえたちの命を守る責任がある。でも踏んぎりがついた。おまえの代わりに父さんが行く。おまえは母さんと一緒にトラックでタイに行きなさい」

「絶対、僕も歩いていく」

僕は首を強く横に振った。自分でも不思議なほど、意志が固かった。

気がついたら母さんや姉さんたちも、すぐそばにいた。パイナップル船の時に、離れ離れになることの辛さを僕ら家族は知った。だから、誰もが絶対に離れるのが嫌だった。結局、僕ら家族は全員、ソイさんの家族と一緒に歩いてタイに向かうことになった。

他の乗客を乗せて、麻袋を積み、荷台の扉を閉め、運転手は運転席に飛び乗りエンジンをかけた。

「これは返す」

運転手はソイさんと父さんに、お金を渡した。プノンペンで支払った僕らの運賃。ソイさんと父さんは、運転手に返そうとしたけれど、運転手は窓を閉めてしまい、受け取りはしなかった。

トラックのシルエットが闇に溶け、エンジン音が遠ざかり、そして消えていった。あたりはあっという間に静寂に包まれた。急に不安でいっぱいになったけれど、家族と一緒なのだから、きっと大丈夫だと、気持ちを奮い立たせた。

「私らのために、申し訳ない」

ソイさんは僕らに向かって、そう言った。僕は少し誇らしげな気分になったが、父さんは何も応えなかった。

しばらくしてから、僕らは歩き出した。道路のそばだと人目につくから、畑の畔を抜けて、次第に低木が茂る荒れ地になったところで、太陽が昇るまで、しばらく休憩することにした。木の下に腰掛けると、急に眠気が襲ってきた。

母さんに揺り動かされて目をあけると、あたりは白々と明るくなってきていた。

「西に行けば、タイに出るはずだ」と父さんが言った。地平線の彼方から顔を出した太陽を背にして、僕らは歩いた。

低木の荒れ地から次第に木が生い茂り、徐々に森になっていく。葉で覆われているいろんな木が枝を広げて、重なりあって、空がどんどん小さくなる。ひっきりなしに鳥が囀《さえず》っている。幹に蔓が絡まっている木、大きな葉が扇を広げたように空に伸びている木、枝の途中から根がぶら下がっている不思議な木など、さまざまな木が地面を埋めつくしている。わずかに木の間からこぼれてくる日差しが、キラキラと輝いていた。近くで花が咲いているのか、それとも木の実が熟しているのか、どこからか甘い匂いもしてくる。

森が深くなると、父さんは草を踏み、ナイフで枝を切りながら、かき分けるように道を作っていった。僕はそのすぐ後ろで、父さんを手伝った。時々、湿っていない木の下に腰掛けて休みながら、僕らは少しずつ歩みを進めた。どんなに薄暗くても、太陽が出ている昼間は、怖くはなかった。でも、どんどんと闇が背中の方から襲ってくるのがわかる。

「そろそろ、夜を越す場所を探そう」

父さんが言った。あたりを見まわすと、ひときわ大きな木がシルエットになっていた。父さんと僕が手をつないで囲んでも届かないくらいの太い木だ。他の木と少し離れていて空間があったし、地面もジメジメしていないので、この木のまわりで夜を過ごすことにした。

　わずかな荷物を降ろし、ヒルや毒虫がいないのを確認して、腰を下ろす。そのうちに、僕らは闇に包まれた。暗くなると、どこからか動物の遠吠えが聞こえてきた。このあたりには、トラがいるかもしれないとソイさんが言うので、薪を集めて火を熾した。その火のまわりで、僕らは身体を寄せ合って、寝ることにした。


　ふっと、目が覚めた。真っ暗で何も見えない。薪は消えてしまったらしいと意識がはっきりした時、暗闇の中で気配がした。何かが僕をじっと見ている。優しい感じではない。外から来た者を拒絶するような強い視線。森の中にひそんでいる猛獣か毒蛇か、それとも闇そのものか。大きな巨大な力に押しつぶされそうな気がして、逃げ出したくなる。

　その時だ。突然、その重苦しい気配が消えた。そして闇がそこだけ溶けるように、ボーッと白くなっていく。徐々に輪郭を現すその白いものに見覚えがあった。長い鬚……プノンペンで会った老人の顎鬚だった。透けるような白さは、老人の顔を浮かび上がらせた。老人は耳に手をあてて、ニッコリ笑った。その時、僕の頭の中に、湧き上がった言葉があった。

〈……い・の・ち・の・お・と〉

「そうだ、森は生きている。おまえと同じようにな」

老人はそう言って、もう一度ニッコリ笑った。するとみるみるうちに老人の顔がぼやけて、闇の中に吸い込まれていった。そしてあっという間に再び真っ暗な闇に戻った。でも、不思議なことに、闇がちっとも怖くなくなっていた。

息遣い

ikidukai

昨日からずっと足もとに気をつけながら歩いていたから、だいぶ慣れたようだ。朝になって、再び歩き出すと、いろいろな生き物が目についた。木と同じ色をしているトカゲ、羽が葉のような形をした蝶々。血を吸うヒルやとぐろを巻いた毒蛇、足がいっぱいのゲジゲジ。怖いとか嫌だなという気持ちは薄らいで、なんだか親しみが湧いてきた。

一本の細い道を見つけた。動物が通る道なのか、下草も生えていなくて、森の気配が違っていた。

「父さん、道がある」

僕は父さんに指さしながら言った。

「もしかすると、国境に繋がっている道かもしれないな。ここで待っていなさい。少し見てくるから」

父さんは、その小さな道に分け入っていった。

その間、腰を下ろして、しばらく休憩することにした。薄暗い森には、わずかに木漏れ日が差している。それは光のシャワーだった。その中で鳥が囀る。森の生命が溢れているのを身体の奥の奥から感じていた。

その時、森の中で金属の鈍い音がした。何かが破裂する音。

ソイさんは、あわてて音がした方へ走り出した。僕も後に続く。

「そんな、馬鹿な」

そう言って立ち止まったソイさんの先に、横たわっている人影があった。あの藍染めの深い青色は、リシさんが着ていた服だ。その服は、真っ赤な血で染まっていた。

「母さん！」

その声で振り向くと、リュイは放心したように立ちすくんでいた。駆け寄ろうとした時、ソイさんが叫んだ。

「動かないで」

僕はどうしたらいいかわからなかった。でも気がついたらリュイの身体をしっかりと押さえていた。僕の腕の中から飛び出そうと、リュイはもがいたけれど、そのうちに、僕の腕の中で泣き崩れてしまった。

ソイさんがリシさんの身体を手前に引きずり、ゆっくりと抱きかかえた。意識は失っているようだったが、息はしている。母さんは抱いていたトゥメイをレビ姉さんに預けて、急いで布切れをかき集めて、リシさんの左足に巻く。

父さんも急いで戻ってきて、ソイさんと二人でかかえて、リシさんを大きな木の下のちょっと広くて柔らかい場所に運んだ。

追ってくる緑服たちから逃げるために、黒服たちは森の中に地雷を埋めていた。母さんにトゥメイを預けて、トイレに行こうとした時に、リシさんはそれを踏んでしまったのだ。

母さんは涙を流しながら、「大丈夫よ」と言う。父さんもソイさんの目を見て、「一緒に連れていきましょう」と何度も繰り返した。ソイさんはうつむいたまま、じっと黙って考えていたけれど、思いきったように口を開いた。

「ひとつだけお願いがあります。リュイとトゥメイを一緒に連れていってもらえないでしょうか」

リュイは父親の言葉を聞いて、目を真っ赤にして震えている。泣き叫びたいけれど、声が出ないというような感じだ。

「子供たちを連れて行くのは構わないが、やっぱり一緒に行った方がいい」

父さんがソイさんに言う。

「ありがとうございます。でも、妻をかかえての移動だと時間もかかるし、人目にもつきやすい。子供たちだけでも、先に安全な場所に移してやりたいんです。お願いします」

リュイは父親に抱きついて、黙って頭を何度も横に振った。

「リュイ、わかっておくれ。すぐには動けない。必ず追いつくから、先に行ってくれ」

リュイの瞳から涙がこぼれていた。

「おまえは姉さんだ。トゥメイを守っておくれよ」

ソイさんがそう言った時、リュイの眼差しが変わった。トゥメイの汚した布を小川で洗っている時の瞳と同じだった。彼女の力強い意思のようなものが宿っていた。

ソイさんとリシさんを残して、僕らは出発した。最初リュイは、トゥメイをずっと自分で抱いていたいと言ったけれど、まだ先は長いからと、レビ姉さんが交代で受け持つことになった。

僕はさらに慎重に、道を探すことにした。どこに地雷が埋めてあるかわからないから、正直怖かった。さっき見つけた細い道を辿るのはやめて、踏み固められていない、自然のままの場所を選ぶ。注意深く地面を見て歩きながら、あの老人が言っていた〈命の音〉を聞こうと思った。耳を澄ます。するとその音は、進むべき道を教えてくれる。人間が作り出したものとは別の音。それが僕にはわかってきた。

森の息遣いが聞こえてくるようだった。

空の章

蒼穹

soukyû

森の中をさらに西の方に進むと、川に出た。川幅は二十メートルくらい。父さんはトゥメイを紐で縛って背負い、その川を渡りはじめる。みんなも後に続いた。僕はいちばん後ろだった。岸からは、流れは緩やかなように見えた。川底は丸い石ころが並んでいるようだった。藻がくっついているのか、つるつると滑って歩きにくい。つんのめらないように注意しながら、ゆっくりと歩みを進めた。徐々に深くなっていく。ちょうど川の真ん中あたりまで来た。深さは僕の胸のあたりだった。だいぶ流れが急になって、押し流されそうになる。

「手を繋ぎなさい」

その時だ。前を歩いていた母さんの身体がふっと消えたような気がした。ほんの一瞬だったのだが、気がついたら、母さんは下流に流されていた。

「母さん！」

僕はとっさに流れに身をまかせていた。そしてがむしゃらに母さんの方に泳いだ。流れに邪魔されて、思うように泳げない。しぶきが顔にあたって、前がよく見えない。どれくらい流されたのだろう。母さんの腕を、やっとのことでつかむことができた。母さんは泳げないから、きっとたくさん水を飲んだに違いない。僕は、泣き出したい気持ちを抑えて、ぐったりしている母さんをかかえながら必死で対岸へと泳いだ。

岸になんとか辿り着き、母さんの身体を引き上げようとするのだが、服が水分を含んで重くなっていて、なかなか上げられなかった。やっと岸に上げて、木陰に寝かせたけれど、意識が戻らない。涙で前が見えなくなってきた。どうしていいかわからなかったが、無我夢中で、母さんの胸のあたりを何度も押してみた。すると口から水が溢れ出たかと思うとむせ返り、ふっと息を吹き返した。

父さんが飛んできた時、まだ母さんは意識を取り戻してはいなかった。でも、呼吸もしていたし、脈もあった。

「よくやったな、ワンディ」

そう言う父さんの胸の中で、思いきり僕は泣いた。

母さんの意識が戻ってからも、しばらく僕は泣き続けていた。

濡れた衣類が乾いた頃、ザワザワと音がして、森の中から何人かの人が出てきた。

〈黒服だ〉

とっさにそう思った。肩から銃をぶら下げた兵隊だったからだ。でも、よく見ると黒い服は着ていないし、縞模様のハチマキもしていない。緑色と茶色が混ざったような服を着ている。

彼らは黙ったまま、僕らをどこかへ連れていこうとする。

父さんはあわてて聞いた。

「ここはどこですか？」

兵隊は、目の前の川を指さす。

「国境を渡ったのですか？」

父さんの質問を理解したのか、兵隊は頷いた。

さっき渡った川が国境だったのだ。知らない間にタイに入っていたことになる。

森の中をしばらく歩いて、タイの兵隊に連れていかれたのは、テントがたくさん並んでいるところだった。そこで久しぶりにたくさんの白人を見た。昔、プノンペンの家には、白人も来ていた。そういえば、いつの間にか見かけなくなった。黒服が来てからは、一度も見ていない。あの白人たちは、どこに行ったのだろう?

久しぶりだったから、青や緑色をした瞳で見つめられると最初は緊張した。でも、みんなニコニコして、僕らに優しくしてくれる。まず白人たちは、僕らに飲み物と食べ物を手渡した。手渡された赤と白のまだらの缶に口をつけると、液体が流れ込んできて、とたんに喉のあたりが飛び跳ねるような感じがした。最初はびっくりしたが、仄かに甘くて、美味かった。ゴクゴクと飲んで、すっかり渇きがとれた。皿いっぱいに盛られたご飯も、缶詰に入っていた肉も、あっという間に全部平らげた。少し休んだ後で、僕らはその白人たちの前でたくさんの質問を受けた。ほとんど父さんが答えた。僕は名前を言ったくらい。歳も聞かれた。黒服たちに追われてデベソ村に住みついたこと。ベトナムに逃げたこと。ベトナムにもいられなくなって、再び生まれた国に戻って、今度はトラックでタイに逃げようとしたこと。途中でトラックから降りて、森を歩いてタイに来たこと。リシさんが森で地雷を踏んでしまい、ソイさんと一緒に後から来ること。その間、娘のリュイと息子のトゥメイを預かっていること。そしてタイからイープンへ行きたいこと。父さんは必死でその白人たちに説明した。白人たちは真剣に話を聞いてくれた。時折、父さんの話を聞いていちいち頷きながら、書類に書き込みをしていた。

最後に僕らはひとりずつ番号の書かれた布の札を渡された。服の上から胸のところでピンでとめておく。

「とっても大事な札だから無くさないようにするんだよ」と母さんに何度も言われた。

その日はテントで寝ることになった。狭い空間には人がいっぱいいた。みんな胸のところに番号をつけている。怪我をしている人もいた。「ここは国境の難民キャンプだ」と父さんに教えられた。その時はじめて知ったのだけれど、僕らみたいに生まれ育った国から逃げてくる人のことを〈難民〉と言うそうだ。

国境の難民キャンプに二日ほどいて、トラックに乗って別の場所に移った。もちろんリュイたちも一緒。白人たちは僕らの胸についている番号を確認しながら、小屋にひと家族ずつ入れていく。僕らも小屋のひとつに落ち着いた。リュイたちは僕らの隣の小屋にしてもらった。

僕らの家族に与えられた小屋は、コンクリートの正方形の床の四隅に柱が建っていて、その上に茶色い三角屋根がついている。地面からは一段高くなっていて、僕らはそこでサンダルを脱いで小屋にあがる。壁はないから、中は外からまる見えだ。小屋の裏手は、中庭に面していて、その中庭を囲んで、同じような小屋が六つ並んでいる。その中庭は、小屋に住んでいる女の人たちが、水を汲んできて煮炊きをしているから、いつも賑やかだ。母さんたちも、中庭側の庇の下あたりに石を積んで、カマドを作った。うちの台所だ。

中庭を中心とした六つの小屋。これをひとつの塊だとすると、その塊が何十も、ずっと遠くまで続いている。たくさんの人が、僕らと同じように逃げてきたのだと思った。

「みんな僕らみたいにイープンに行くの？」

父さんに聞いたら、笑って「いろいろだよ」と答えた。キャンプで働いている白人たちの国に行く人もいるし、もっと別の国に行く人もいる。行きたい国を選ぶことができるようだ。たまたま父さんにはイープンに友達がいる。黒服が来る前に貿易の仕事をしていた父さんは、イープンのことをいろいろ知っているらしい。だから僕らはイープンに行くのだ。

このキャンプはどんな風になっているのだろう？　僕はもっと知りたくてうずうずしていた。でも母さんには、迷子になるからあまり歩きまわるなと言われた。だから、その日の午後、父さんが配給されるお米や野菜を取りにいくと聞いて、連れていってほしいと頼んだ。父さんは運ぶのに人手がいるからと許してくれた。一緒に配給所に行くまでに、例の建物の塊の数を数えながら歩いてみることにした。

小屋の前の道を左の方へ塊を三つ過ぎると、少し広い道に出た。そこに〈4〉という数字が書いてある看板が立っていた。広い道を左に曲がって、少し歩くとまた看板が出ている。今度の数字は〈5〉だ。その時、僕はピンときた。この数字は、通りの番号なのだ。僕らの小屋は〈4〉の通りに面している。だんだんと頭に地図が書き込まれていくと思うとわくわくしてきた。

左手に連なっている小屋をもうひと塊数えて〈6〉の看板を過ぎた頃に、二階建ての大きな建物が右手に見えてきた。一階は市場のようになっていて、いろんな食材が並んでいる。父さんが懐から紙のようなものを出すと、そこにいた人は、お米やいろんな野菜を僕らに渡してくれた。難民キャンプでは、さまざまなものが支給される。食べ物も着る物も、必要な物はだいたい揃う。

なんだか嘘のようだ。キャンプにいるだけで、日に三回も食事ができるだけの食料がもらえる。黒服もいない、爆弾や地雷もない。

食料を両腕に抱えて、一旦、家に帰ってから、父さんに「トイレに行ってくる」と言って、また広い通りまで戻った。それで今度は広い道を配給所へ行く方向とは反対の右に曲がってみた。〈3〉〈2〉……看板の数字が思っていたとおり少なくなってくる。〈1〉の看板を過ぎた時、歩いている道の先に大きな門のようなものが見えてきた。僕の背の三倍はある大きな門。その門は、ぴったりと閉まっていた。門と同じくらいの高さの銀色のものが門から両側に繋がって伸びている。近くまで行って、それが網目の塀だということがわかった。

「坊主、ドルに両替するのかい？」

塀の外を覗き込んでいると、外から声がかかった。網の先を見ると、若い男が笑っていた。

「ドルって、何？」

「なんだ、おまえ、何にも知らないんだな」

「昨日、ここに着いたばかりなんだ」

「そうか。これからどこに行くんだい？」

「イープンだよ」

「そうか、親分がこの間、旅行に行ったばかりだ。いいところだって言っていたぞ」

「親分って？」

「俺たち両替屋のボスさ。イープンに行くんだったら、やっぱりドルは必要だよ。ドルってのはな、どこでも使えるお金なんだよ」

「どこでもって、僕らの国でも、ベトナムでも見たことないよ」

「世界を動かしているお金なんだぞ。おまえが知らないだけさ」と言って男は笑った。

「世界って何？」

「おまえ、馬鹿か？　そんなことも知らないのか？」

「だって、知らないんだもの」

「とてつもなく大きなものさ」

「ふーん。世界ってのは、僕とは関係ないところにあるんだね。とにかくイープンに行くには、ドルというお金が必要なんだね。父さんに言っておくよ」

「そうか。おまえはオヤジさんと一緒なんだな。運がいいな。オヤジさんに言っておいてくれよ。もし、バーツをドルに替えたけりゃ、このラッチャタームニーをご贔屓にってね」

「長い名前だね」

「ラッチャでいいさ」

男はまた豪快に笑った。

「ラッチャ、ところでバーツって何？」

「俺たちの国、タイのお金さ」

「ラッチャは、なんで僕らの言葉が話せるの？」

「商売だからね」


小屋に戻ると、なつかしい旋律が聞こえてきた。

はじめが　こゆび　くすりゆび
そして　なかゆび　ひとさしゆび
みんなとじれば　なかに　おやゆび

幼い頃、よく母さんが口ずさんでいた歌。

小屋の前で、リュイが両手を広げたり閉じたりして、歌いながらトゥメイをあやしている。トゥメイはその手の動きに目をクリクリさせて、時折、笑い声を上げている。僕の気配に気がついたのか、リュイは歌をやめて僕の方を見た。

「探検しよう」

僕がそう言うと、リュイは瞳を輝かせて頷いた。

小屋の前の道を、今度は右の方へ行ってみることにした。リュイはトゥメイを背負って、僕の後ろからついてくる。両側に三角屋根が連なる道をしばらく歩いていくと、小屋が途切れ視界が開けた。すると正面にキラキラ光るものが見えた。目を凝らすと、それは池だった。朝日に水面が反射して光っている。結構、大きい池だった。

「きれい」

リュイがつぶやいた。時折心地よい風が吹いて、池の水面に白い筋が波立っている。

「水浴びができるね」

なんだかリュイが喜ぶ姿を見たら、誇らしげな気分になった。

「ほら、あの山、おんなじような形をしていて、双子の赤ちゃんみたい」

彼女は嬉しそうに言った。池の先の網目の塀のずっと向こうに、緑色のなだらかな山がふたつ並んで見えていた。その上には真っ青な空が広がっている。

虚空

kokû

耳の奥の方で、何かを叩く、乾いた音がする。

「おはよ、ピー。すぐにあげるから、そんなに柱をつつかないで」

鈴を転がすような声が聞こえる。リュイの声だ。目をあけると、隣の小屋から顔を出しているリュイの顔が見えた。彼女はニコニコ笑って、地面に何かを投げている。きっといつものヒエだ。彼女の視線の先、ちょうど、リュイがいる小屋と僕が寝ている小屋の間のわずかな空間にブルー色の塊が見えた。

ピ、ピ、という声。豆粒みたいな黒い瞳が、せわしなくクルクルと回転している。そして掌大のその塊は、小首を傾げながら嬉しそうに囀《さえず》る。薄い青色の羽で、首のところに黒い筋が三つある鳥。

「リュイ、おはよ。ピーのやつ、食いしん坊だな」

「ワンディだって、食いしん坊じゃない」

リュイは僕の方を見て微笑む。いつものキャンプの朝だ。

ピーをはじめて見たのは、このキャンプに移ってきてしばらくしてからだった。その羽の鮮やかな色があんまり綺麗だったから、最初に見つけたリュイがヒエを少し撒いてやった。よっぽどヒエが気に入ったのかな？　それから朝になるとその鳥がやってくるようになった。名前をつけたのも、リュイ。ピー、ピー鳴くので、〈ピー〉と名づけた。

そのうちに朝になるとピーはリュイの小屋の柱をコツコツつつくようになった。僕の寝床はリュイの小屋にいちばん近いから、その音が響いてくる。ピーのおねだりで起こされるようになって、満月をもう二回は見たと思う。ソイさんたちからの連絡はまだない。

父さんはこのキャンプに来てから、毎日のように配給所の上の事務所に通っている。イープンに行くためにはいろいろな手続きをしなければならないみたいだ。食べ物も着る物も充分あったから、僕らはすることがなかった。でも父さんは「慣れてはいけない」と言った。イープンへ行ったら配給はもらえないし、今のうちに少しでもお金を貯めておいた方がいい。配給された物を節約して、売ることを考えた。

思いついたのが、ベトナムでおばさんが売っていたニラ餅。配給品の中に、餅米もニラもある。ニラ饅頭を母さんが作って、僕やレビ姉さんが、それを売り歩くことにした。リュイはトゥメイを背負っているから、あんまり遠くに売りにいけない。だから僕と組んで、ラッチャと出会った門の近くで売ることになった。

人通りも多かったし、よく売れた。門番さんや、外にいるタイの露天商の人も買ってくれた。

一番のお得意さんは、両替屋のラッチャかな。

「おまえのオフクロさんのニラ餅は、最高だな」

そう言って、一日に三つも四つも買ってくれた。でも最後には、必ずこう言う。

「いっぱいニラ餅を売ってバーツを貯めて、俺のドルと交換してくれよ」

ある晩、父さんが大きな箱をかかえて戻ってきた。

「この箱はイープンにいる父さんの友達が送ってくれたんだ。このキャンプに来た時に父さんがすぐに手紙を書いたからね。その返事が届いたんだ。だからもうすぐ、イープンに行くことができるぞ」

「でもまだ飛ぶ練習をしていないけど、大丈夫？」

僕はあわてて父さんに聞いた。

「どういうことだい？」

「だって、鳥になってイープンへ行くってベトナムで父さんが言ったじゃないか」

「そうだったね。でもワンディ、大丈夫だ。飛びたいという気持ちがあれば、鳥になれるんだ」

父さんはそう言って笑った。母さんや姉さんも笑っている。僕は真剣に心配しているのに。その箱をあけてみると、服とか小さな人形とか、クレヨンが入っていた。僕ら家族にひとつずつお土産を送ってくれたようだ。

「ワンディ、おまえにはこれだって」

そう言って、父さんが僕に渡してくれたのは、長方形の枠に紙が貼ってある両手に余るほどの大きさのもので、糸がついていた。紙は赤い色で、その上に黒い絵のようなものが書いてある。

「空に飛ばして遊ぶんだ。黒服が来る前には、生まれた国にもあったんだぞ。イープンでは〈凧〉って呼ぶそうだ。この絵みたいなものはイープンの文字で、空を飛ぶ空想の動物の名前が書いてあるそうだ。明日、飛ばしてみような」

僕は頷いた。僕のお土産なのに、父さんの方が嬉しそう。

翌朝、父さんと一緒に池のほとりに行って、さっそく凧を飛ばしてみることにした。父さんが凧を、僕は凧と糸で繋がっている糸巻をそれぞれ持って、少し離れて立つ。

「よし、走れ」

父さんの掛け声とともに、糸巻を持ったまま走った。父さんは持っていた凧をパッと離す。すると凧がふっと空に揚がる。でも、すぐに墜落。何回かやったけど、うまくいかない。今度は僕が凧を持って、父さんが走った。父さんもまるで子供になったみたいに、一生懸命だった。父さんがやってもほとんど墜落したけれど、一度だけ風に乗って、高くまで揚がった。自慢げに糸を操る父さんの姿を見ながら、こんな風に父さんと遊ぶのは、久しぶりだと思った。

父さんが糸を伸ばすごとに凧がどんどん小さくなっていく。このままこの空を上っていったら、どこに届くのだろう。

凧揚げの後、いつものようにニラ餅を売りにいく時に、凧も持っていくことにした。

「これ、イープンのお土産なんだ。こうやって空に飛ばすんだよ」

自慢しようと思って、ラッチャの前で、凧を揚げてみる。でも、ひとりで揚げるのはかなり難しかった。何度かやっているうちに、網の塀にひっかかってしまった。

「下手だなぁ」とラッチャが笑いながら、網にからまった凧を背伸びをして、外側から押し戻してくれた。

「これならタイにもあるぞ。ワオチュラって言ってな。鳥の形をしているんだ。風を孕んで、糸が音を奏でる。祭りとか大事な節目の日に、空の神に奉納するんだ」

「そうなんだ。鳥の形か……。鳥はいいよな、どこにでも飛んでいけてさ」

飛　翔

hisyou

綿毛に包まれている。広げた両手は、ふわふわとして気持ちいい。空気をいっぱいに吸い込んでみる。風は、頬を撫でていく。突然、視界が開けて、はるか眼下に森の緑が広がっている。

空を飛んでいる……。

両手には羽が生えている。僕は鳥だ。森の中を川が蛇行して流れている。その先は、平原が続く。僕は風にまかせて、右や左に旋回する。思いどおりに風をとらえることができる。

次の瞬間、ふっと身体が沈んだ。突風のような強い風が、真下に吹き降ろす。まるで凧が落ちるように。体勢をたてなおそうと、僕は必死で身体を起こそうとするけれど、うまくいかない。またたく間に、下降する。緑色の平原の中に、ぽっかりと穴が開いているのが見えた。その穴の中に、僕の身体は真っ逆さまに吸い込まれていく。

ものすごい衝撃が全身を襲う。しばらく目を閉じたままじっとしているしかなかった。地面からは腐ったようなにおいがする。

目を見開くと、すべてが銀色の光に包まれていた。そして、その光は輪を狭めて、近づいてきている。

「逃げなきゃ！」

でも身動きがとれない。僕はあっという間に銀色の光に包まれてしまう。光は銀色の網だった。魚をひっかけるように、がんじがらめに僕の身体に巻きつき、どんどんと締めつけてくる。次第に意識が薄れていく。

「息ができない、助けて！」

汗をかいているみたいだ。夢だとわかって目を見開いても、しばらくは動けなかった。いや、動きたくなかったのかもしれない。また朝が来た。ここに来てから、何百日めかの朝。いつまでここにいるのだろう。どこへ行っても行き止まり。銀色の塀が邪魔をする。その外には出られない。だからこんな夢を見るのだ。食べ物がたくさんあっても、着る物がたくさんあっても、もうここにいるのは、嫌だ。

イープンの父さんの友達からお土産が来た時は、すぐにでもイープンへ行けるつもりになっていた。でも、そんなに簡単にイープンに行くことはできなかった。

大きく深呼吸をして寝返りをうつと、ピーにヒエを撒いているリュイの姿が見えた。〈おはよう〉と言おうとして、その言葉を飲み込んだ。そのリュイの頬に伝わるひと筋のきらめきが見えた。涙だった。

リュイはヒエをついばむピーになにやら囁いた。あまりに小声だったので、僕には聞き取ることはできなかった。

一瞬のことだった。リュイは涙を拭って、あたりを見まわす。僕は寝たふりをした。目を閉じた暗闇の中で、僕は今この闇の先にいるリュイのことを思った。僕らがイープンへ行ってしまったら、リュイはどうなるのだろう……。

ソイさんもリシさんもこのキャンプにはまだ来ていない。父さんは白人たちに頼んで探してもらっているけれど、なんの消息もつかめない。森の中で黒服に見つかってしまったのだろうか。もうタイに逃げるのをあきらめてしまったのだろうか。もしかしたら死んでしまったのかもしれない。それでもリュイはいつも元気に立ち働いていた。トゥメイの世話をしたり、ニラ餅を僕と一緒に売りにいったり、洗濯とか食事の準備とか母さんや姉さんの手伝いをしたり。リュイの顔を思い起こせば、いつも笑っているような気がする。でも口には出さないけれど、本当はとっても辛いに違いない。きっと僕らの前だと泣きたいのを我慢しているのだ。

リュイとトゥメイも一緒にイープンへ行けばいいと思った。

朝食の後、事務所へ向かう父さんを追いかけて、僕は思ったことを話した。そうしたら父さんは微笑んで言った。

「父さんも母さんも同じことを考えているんだよ」

リュイやトゥメイは家族のようなものだから、一緒に行く手続きも進めているそうだ。

でもまだ許可がおりていないから、リュイには黙っているように父さんから言われた。

その日はニラ餅を売りにいった後で、リュイを誘って池に凧を揚げにいくことにした。だいぶうまく揚げられるようになっていた。風の一瞬のそよぎを利用して、凧を空へと向かわせる。糸に風の力が伝わってくる。真っ青な空間めがけて、糸を解き放つ。そうすると身体全体が空に溶け込んでいくような気がする。糸を通して空が何かを語りかけてくれる。

「あんなに凧が小さくなっちゃった。空って、どこまで続くんだろう?」

傍らで地べたに腰掛けて、凧を見上げていたリュイがつぶやいた。

「終わりなんかない。どこまでもだよ」

「終わりがない……」

「僕、空が好きだな」

リュイは黙ったまま、空を仰いでいた。

天藍

tenai

　キャンプに来てから、一年以上が経った。キャンプではいろいろな噂が飛び交っていた。もうイープンに行くことのできる難民の数を越えてしまっただとか。キャンプが閉鎖されて、生まれた国に帰らなくてはいけないとか……。僕はそんな噂のひとつひとつを信じて、そのたびに喜んだり落ち込んだりしていた。ある日、父さんはみんなを小屋に集めた。そして「とうとうイープンへ行く日が決まった」と嬉しそうに言った。父さんは、ずっとあきらめずにイープンへ行く手続きを進めていたのだ。

「父さん、リュイとトゥメイは？」と僕はあわてて訊ねた。

「二人とも一緒に行けるぞ」

　父さんは微笑んだ。

「リュイ、もう一年もこの場所で待っているけれど、おまえの父さんや母さんからの連絡はないね。おまえたちは家族のようなものだ。だから、私たちの家族としてイープンへ行く手続きをしていたんだ。一緒にイープンに行くことができる。後はリュイの気持ち次第だ。おまえたちをこのキャンプに置いていくのは、とっても気がかりだ。一緒にイープンへ行かないか？」

その言葉を聞いて、リュイはビックリしたような顔をした。

リュイは必死で何かを考えているようだった。リュイは喜んですぐに賛成してくれると思っていたから、僕は少し驚いた。

「ラッチャも言っていたじゃないか。イープンには、いろんな食べ物があるし、車もピカピカだし、大きなビルもある。もちろん爆弾なんかないし、みんな綺麗な服を着ているし。清潔だし。とってもいいところだって言うじゃないか。一緒にイープンへ行こうよ」

「……イープンって、そんなにいいところかな？」

「もちろんさ。こんな塀の中にいるのは、もうごめんだろ？　それにイープンに行く時は、鳥になって空を飛べるんだよ」

「……もし、鳥になって空を飛ぶなら、父さんや母さんのいるところに飛んでいきたい……ピーみたいに……」

しばらくリュイは黙っていた。そして思いきったように言った。
「私はトゥメイと一緒にここに残って、父さんや母さんを待ちます」
頑な眼差しが僕の胸を突き刺した。でも、リュイのそんな気持ちを前から知っていたような気もする。心を別のところに残してきたら、どんなに素敵なところでも、それは自分の場所ではないのだから。そう思うと同時に寂しさが込み上げてきた。リュイとの別れが決まったからだ。

イーブンへと旅立つ日の朝、僕はリュイを池へ誘った。きちんと〈さよなら〉を言いたかったから。池の水面は今日もキラキラと輝いている。その先の双子山。そして青い空。いつもの風景が見えた。

池のほとりに腰掛けると、背負っていたトゥメイを抱きかかえて、リュイも隣に腰を下ろした。その時、仄かな香りがした。リュイはスカケウの白い花を耳にさし、髪飾りにしていた。朝日が水面に反射して、リュイの顔にキラキラと光の筋を描いている。うぶ毛が金色に光っている。僕らは黙ったままだった。なんとなく気まずくて、僕は立ち上がり、持っていた凧を揚げることにした。

今日の凧は凧揚げには絶好だ。空に向かって風が流れている。風が背伸びをするように。凧が僕の手から離れると、あっという間に宙へと浮いていく。地上から離れて小さくなるとともに、空を飛ぶ空想の動物の名前だというイープンの文字が、凧の赤い下地の色と混ざり合って褐色になる。輪郭もぼやけて、まるで人間の顔のようだ。さまざまな顔を思い出す。まだ幼かった弟のアソック、デベソ村で知りあったラドゥー、ベトナムでビニール袋を一緒に拾ったフーやトン。そして、サック婆。パイナップル船のバーンさんとムイの親子。川賊のコイ。老人の白い鬚。

その時、どこからともなく弦楽器が響くような音がした。

「ほら、あそこ」

リュイが指さす方向を見ると、視界の左上、空の中に、動く物を見つけた。凧を操りながら、視線をその物体に集中する。星みたいな形。色は薄いブルーで、深い深いブルーの空の中に今にも吸い込まれてしまいそうな感じだ。よく見ると、その物体からも糸が繋がっていて、弦を振るわすような音は、そのあたりから聞こえてくる。糸の先を辿ると、人影が網目の塀の向こうに見えた。

ラッチャだ。こちらに向かって手を振っている。きっとあれが前に言っていた鳥の形をしているタイの凧ワオチュラなのだろう。僕とのお別れに、ワオチュラを揚げてくれているのだ。僕は糸巻を持っていない左手を大きく振った。

褐色の僕の凧とラッチャのブルーの凧は、まるで競争するかのように、どんどんと空高く飛んでいく。突然、ブルンとひと際大きな音をたて、ブルーの凧がスピードを増して空に突き抜けた。ラッチャが糸巻を放したようだ。ブルーの羽を持った鳥が空に混ざっていくかのように見えた。

「ピーが飛んでいるみたい」とリュイが叫ぶ。

「どこに飛んで行くんだろう」と僕が言う。

「空の向こうには、何があるのかな……。いつだったか、空には終わりがないってワンディが言ったことがあったよね。私だって夢見たことがある。イープンへ行きたいなって。父さんも母さんも無事このキャンプに着いて、母さんの怪我も治って、ワンディたちと一緒にみんなでイープンに行けたら、どんなにいいだろうって。〈思い〉はどんどんと膨らんでいくの。でもね、膨らんでいくのと同じくらい悲しくなるの」

僕は空を見上げたまま、リュイの話す言葉ひとつひとつに耳を澄ました。

「ある朝ね、いつものようにピーにヒエをあげている時に、気がついたの。もし私がイープンに行ってしまったら、ピーに誰が餌をあげるんだろうって。ピーは私に会うのを楽しみにしているのに。そしたら、急に父さんと母さんの顔が浮かんできたの。もし、父さんと母さんが、私を探してやっとここに辿り着いた時、私がいなくなってしまっていたら、きっと悲しむだろうなって。私にできることは、父さんや母さんを待つこと。そしたらなんだか気持ちが楽になったの。終わりのない〈思い〉にとらわれるより、私はここでできることをしようって。そう考えたら、この塀に囲まれたキャンプの生活が輝いてきたの。父さんや母さんを待つってことが、とっても素敵なことだって……」

リュイの鈴を転がすような声が心に沁みていく。

「森の中で別れた時に、母さんが着ていた藍染めの服……。母さんの大好きな色だった。どこまでも深い青色。ほら、ワンディ、あの空の色と同じ……」

次の瞬間、持っている糸巻の先の糸がピンと張って、空へと身体が引っ張られて宙に浮くような感じがした。そして僕の凧は一瞬静止した。もう糸巻には糸が残っていない。

気がついたら僕は糸巻を放っていた。ラッチャがさっきしたように。と同時に褐色の凧は、加速して上へ昇っていく。

はじめが　こゆび　くすりゆび
そして　なかゆび　ひとさしゆび
みんなとじれば　なかに　おやゆび

旋律が空に響く。リュイの囁くような歌声。そして漂うスカケウの香り。無意識のうちに握った掌の中には親指の感触があった。

解き放たれた凧は、やがて小さな点になって、藍色の空の彼方へと消えていった。

空覗き

soranozoki

タイのバンコクを飛び立ったのは夜だった。飛行機が飛び立つ瞬間に、ふっと身体が解き放たれ、自分が空を飛んでいるのを実感する。鳥になるとは、こういうことだったのだ。

街の明かりが眼下に流れ、星は真横に散らばる。その美しさに興奮し、飛行機の窓に頭をくっつけたまま、その闇の中で繰り広げられる光のダンスを、時を忘れて見入っていた。

真っ暗な闇の色が少しずつ薄くなってくるのを感じた。雲の海の向こうのある一点が紅色を帯び、次第にその色が濃くなっていって、あたりの雲を染めていく。まるで命が吹込まれるようだった。次の瞬間に太陽が顔を出し、光の筋が四方に伸びて輝いていく。

闇が消え、朝日に包まれた窓の外に、僕は真っ白な広がりを見つけた。一瞬、雲海かと思った。しかしよく目を凝らしてみると、それは粉砂糖をふりかけたような真っ白な陸地で、キラキラ輝いていた。なんだろう。白い陸地？　僕は隣で眠っている父さんを揺り動かした。

「あれは、雪だよ」

父さんは眠そうな顔で微笑んだ。

雪？　昔、母さんが読んでくれた絵本の中に出てきた。雨のように天から降ってくるものだと母さんは教えてくれた。でも、雪がこんなに綺麗なものだとは思わなかった。生まれてはじめて雪というものをこの目で見た。その銀白の雪に抱かれた大地がイープンだと父さんから聞いて、僕の胸はさらに高鳴った。

僕ら家族はイープンに着いて、東京というところに住むことになった。しばらくして父さんと母さんは、近くにあるダンボール工場で働くようになった。僕は小学校に通いはじめた。本当は中学校に行く年齢になっていたのだが、言葉もわからないので、小学校に行くことになったのだ。住んでいる家から歩いて十分のところに長方形の建物があって、それが僕の小学校だった。男の子は黒いランドセル、女の子は赤いランドセルを、みんな背負って通学しているのが、最初は不思議に思えた。それにプノンペンを追われた後はほとんど裸足で暮らしていたから、いつも子供たちが靴を履いていることに驚いた。僕はランドセルを持っていなかったから紐のついた布の鞄を肩から斜めにかけて、父さんが買ってくれた白いゴムの運動靴を履いて学校に行った。

先生やクラスのみんなが一生懸命話しかけてくれても、イープンの言葉は単調な歌のようで、何を言っているのかわからない。僕だけ水槽の中に潜っていて、そこからまわりを見ているような感じだった。

生まれた国から逃げて、最初にベトナムに行った時、その異国の言葉は、もっと自然と僕の中に入ってきたように思う。どうしてイープンの言葉は、僕を嫌うのだろう。

いつも黙っていたから、学校ではだんだんと話しかけられなくなっていった。でも、その方が気は楽だった。歳下のクラスメートにからかわれるより、無視される方がましだった。

ある朝、僕の心の奥の方で、張りつめていた何かが切れた。家を出てから、小学校とは反対の方向に、ただがむしゃらに歩き出した。とにかく学校からできるだけ遠くに行きたかった。アスファルトで敷きつめられた道を、ずいぶんと歩いた。同じような高い建物が続く綺麗で清潔なイープンの街。建ち並ぶ建物は、冷たい金属のような、よそよそしい目で僕を見ていた。

木のベンチが視界に入ってきた。急に疲れを感じ、腰掛けてあたりを見まわすと、そこは小さな公園で、砂場や鉄棒や滑り台があった。ビルがそのすぐ後ろに迫っていた。人影はなかった。

なんとなく裸足になりたくなった。靴を脱いで、久しぶりに足を土につけてみると、足裏に仄かな温もりを感じた。ザラザラしているところ、ペッタリとくっついてくるところ。思わず懐かしさが込み上げてきた。石ころがゴツンとして足に向かってくるのさえ、愛おしく思えた。日向の土は温かいのに、日陰の土はひんやりしている。イープンに来る前は、そんなこと何とも思わなかったのに。気がつくと、僕は泣いていた。

　翌朝は、雨だった。知らないうちに、僕は同じ公園に足が向いていた。公園は雨でドロドロだった。でも、差していた傘を閉じて裸足になった。そのグチャッとした感覚が面白くて、僕は全速力で駆けまわった。大きな水たまりをジャンプして、着地しようとした時、足をとられ激しく転んでしまった。とたんに顔も手も足も着ている服も泥だらけになった。一度ドロドロになってしまったら、もう怖いものはない。海を泳ぐように転がって遊んだ。泥の海に大の字になった。雨が心地よく顔を撫でていく。都会は空が小さい。見上げても高いビルで囲まれた四角の中に、灰色の空がほんの少し覗いているだけだった。

　その窮屈な四角い空を見上げていたら、なぜだか生まれた国の大きな空とくらべている自分がいた。いつもお腹をすかせて、食べ物を探しまわっていたあの頃に見ていた真っ青な空。決していい思い出なんかないはずなのに。そしたら、急にスカケウの髪飾りの香りとともに、リュイの言葉が聞こえてきた。

「イープンって、そんなにいいところかな……」

　一瞬だけ、灰色の空が、どこまでも深い藍色に変わったような気がした。

エピローグ

根雪

お元気ですか、ワンディ。

私のことを覚えていてくれたでしょうか？　タイの難民キャンプで一緒だった、リュイです。あなたがイープンへ旅立ってから、もうどれくらい経ったでしょう。想像できる？　赤ちゃんだったトゥメイが、あの頃のワンディの背と同じくらいなの。あの子はキャンプにできた小学校に行っているから、英語だって話せるのよ。でも、得意なのは運動ね。友だちと一緒に、キャンプ中を駆けまわっているわ。サッカーに熱中していて、暗くならないと帰ってこない。そういえば、ワンディも凧揚げばかりしていて、夕飯の時間に間に合わなくて、よくお母さんに叱られていたわね。男の子って、ひとつのことに熱中できて、ちょっぴり羨ましいな。

配給所の隣にあった診療所のことを覚えている？　トゥメイが学校に行っている間、今、私はそこでお医者さんや看護婦さんの手伝いをしています。怪我をした人の包帯を替えたり、患者さんの熱を測ったり、泣いている赤ちゃんをあやしたり、私のできることはほんのちょっぴりだけど、私はこの診療所にいる時間がとっても好きです。それにね、この手紙を書けるようになったのも、診療所のお医者さんのお蔭なのです。そのお医者さんは、私たちと同じように黒服にいじめられて、タイに逃げてきて、一度はアメリカに渡ったのだけれど、キャンプに残っている人たちのことが心配で、ボランティアの医師として戻ってきたのです。

その診療所を手伝いはじめて、しばらくした時に、「文字は習っておいた方がいいぞ」って、その先生が言ったのです。

黒服の時代は学校に行けなかったから、文字を読むことも書くこともできなかった。ワンディはきっとイープンで学校に行って、イープンの文字も書けるようになったのでしょうね。それまで私は、毎日を生きていくことで精一杯だったから、勉強をするなんて思いもよらなかった。でも、トゥメイが学校に行くようになって、気持ちにも余裕ができたのかな。なんだか先生にそう言われて私もやってみようと思ったの。あいている時間に先生が教えてくれることになり、それから少しずつ文字を覚えていった。最初は難しかったけど、だんだん面白くなって、そしたら、いいことを思いついたの。きちんと文字が書けるようになったら、ワンディに手紙を書こうって。それで一生懸命、文字を覚えたというわけ。

本当のことを言えば、文字を覚えてから何度もワンディ宛の手紙を書いたのだけど、結局投函しなかった。なぜだか本当の気持ちを書いてないような気がして。でも、今回は正直に書いて、投函するつもりです。というのは、数日後にプノンペンへ戻ることが決まったから。このキャンプは閉鎖されることになったのです。私たちの国では選挙が行なわれて、平和な国になっていくみたい。だからキャンプは閉鎖され、キャンプに残っている人はみんな国に戻るのです。

ワンディは、イープンでこの十年、どんな風に過ごしてきたのでしょうね。結局、父さんにも母さんにもこのキャンプでは会うことができなかった。ずっと待ってきたのだけれど。父さんや母さんは、きっと生きている。祈るような気持ちで毎日を過ごしていました。自分で決めたことだから、後悔はしないはずだった。でも、気持ちが揺らいでいるもうひとりの自分もいたの。あの時、イープンへワンディと一緒に行けばよかったのに、と責める自分が。そして、ワンディたちが羨ましくなる。それだけなら、まだいい。家族一緒にイープンで幸せに暮らしているワンディのことを自分とくらべて、嫉ましさや憎しみを感じることもあったのです。

今までワンディに書いた手紙には、キャンプ生活が充実していて、楽しいなんて、嘘ばかり。奥の方の気持ちなんて、これっぽっちも書いていない。そんな手紙は、投函できなかった。

突然の手紙で、こんなことを書いてしまって、気分を悪くしたでしょうね。でもワンディには、正直に私の気持ちを伝えたかったのです。

ピーは、三年前に姿を見せなくなりました。その時は、とっても落ち込みました。毎日のように餌をやっていたから、なんだか心にぽっかりと穴が開いたようで。今から思うと、父さんや母さんのところにピーが飛んでいって、私やトゥメイが元気だってことを伝えてくれているような気がしていたのでしょう。だからピーがいなくなった時、父さんや母さんと繋がっていたたったひとつの糸のようなものが切れてしまったような気がして。これでもう二度と会えないのかと思ってしまったのでしょうね。

「姉ちゃんは、父さんや母さんの顔を覚えているから、いいじゃないか」

トゥメイにそう言われて、ハッとしたのです。彼には父さんや母さんの面影すら記憶にないのです。それにくらべたら、私は幸せなのです。私の記憶の中に、父さんも母さんもいるのですから。そのことを気がつかせてくれたのは、トゥメイだったのです。赤ん坊だったトゥメイがいつの間にか、こんなに頼りになるなんて。生まれた国に戻ったら、彼と一緒に、両親を探そうと思っています。たとえ会えなくても、心の中にいる。そう思うだけで、なんだか温かい気分になるのです。

今、私はあの池の前に腰掛けて、この手紙を書いています。最後にワンディと〈さよなら〉をした場所です。あの時、凧を一緒に揚げてくれたラッチャさんは、お嫁さんをもらって、バンコクに住んでいます。知っている人は、少しずつこのキャンプを離れていきました。でもここから見上げる風景は、昔のままです。池も双子山も、そしてその先の空も。すべてがちょっぴり小さく感じるのは、私も大人になったからかもしれませんね。

「僕、空が好きだな」

空耳って不思議ですね。時折、ワンディの声がその風景の彼方から聞こえることがあります。

あなたは、鳥になってその空を飛んでいったのですね。この手紙も空を飛んで、イープンに届くのでしょうか。

あれから私の背はそんなに伸びていません。ワンディは、きっと私の背を越しているのでしょうね。

リュイの手紙が届いてから一ヵ月も経たないうちに、僕はイープンを旅立った。

あの公園で、リュイが綴った母国の文字を見た時、その筆跡が愛おしくてたまらなかった。あの時、三つ折りになった便箋を握りしめ、僕は抑え切れない感情の迸りを感じた。リュイに会いに行こう。そして何より、生まれた国をもう一度、この目で見てみたい。

ダンボール工場で働いて貯めたお金があるから、旅費は何とかなった。最大の難関は、父親の説得だった。生まれた国に行ってみたいと告げると、父は最初、猛反対した。

「どうして、今頃になって、戻ろうとするんだ。十年前、ゼロから出直す気持ちでこの国に来た。プノンペンにいた頃は豊かだったけれど、黒服のせいですべてを失った。その後の数年間は、ワンディ、おまえもよくわかっているだろう。あの悲惨な日々を思い出してごらん。あの時は、祖国を離れることだけが、生きる道だった。私たちは、それを選んだのだ。このイープンでも、最初は苦労ばかりだった。おまえだって、友だちもできず、辛い思いをしただろう。でも、歯をくいしばってここまでやってきて、今ではやっと、この国を自分の国だと思えるようになったのに、今更、どうして戻ろうとするんだ」

「だって、行きたいんだ。それにイープンは、僕が選んだんじゃない」

感情的な言葉しか出てこなかった。この十年、父の苦労を見ているだけに、僕には、それ以上の反論ができなかった。でも、父にどんなに反対されても、今、生まれた国に行かなければきっと後悔するという思いは、変わらなかった。父の反対を押し切って、旅立つことも可能だったかもしれない。でも、僕はそうしたくはなかった。父に理解してほしかったのだ。僕はその日、一日中、言葉を探しつづけた。僕の気持ちを父に伝える言葉を。

そして、翌日、再び父に思いをぶつけてみた。

「最初、イープンに来た時は、嬉しくてたまらなかった。でも実際に暮らしてみると、楽しいことより辛いことの方が多かった。父さんには内緒にしていたけれど、僕の居場所はどこにあるのだろうと、いつもそんなことを考えていたよ。それでもイープンに馴染むように、少しずつ頑張ってきた。最近では、イープンの人たちの中で、さほど無理なく生活できるようになったと思う。いつの間にか、昔のことは思い出すことも少なくなって、忘れかけていた。でも、リュイから手紙を受け取って、いろんなことが鮮明に頭の中に蘇ってきた。そしたら心の奥の方に燻《くすぶ》っていたものが、燃え出したんだ。僕は、どこから来たのだろう。本当にこのままでいいのだろうか。イープンの人たちと全く同じにはなれない。でもその気持ちに嘘をついて、同じになったふりをしていていいのだろうか。そんなの本当の自分じゃない。父さんが僕たち家族を必死の思いで、イープンに連れてきてくれたこと、とても感謝している。父さんの選択は正しかったと思うよ。今度は、僕の番。そのためには、生まれた国にどうしても行かなくちゃいけない。自分が生まれた大地をもう一度踏んで、そこの空気を吸い込んで、リュイやトゥメイや、あの国に今生きている人たちに会ってみたい」

僕は父にそう言いながら、戻ることで自分の進むべき道を探したいと心に念じた。しばらく僕の目をじっと見ていた父は、視線をそらして立ちあがって出ていった。

一度も父は振り返らなかった。

タイのバンコクで飛行機を乗り換え、プノンペンを目指す。水平飛行になり、シートベルトのサインが消えた機内で、再び手紙を読み返してみる。

ふと窓の外に目を遣ると、眼下には、蛇行する褐色の川を覆うように、鬱蒼とした熱帯雨林の森が続いていた。イープンからのジャンボ機とは違って、プロペラ機なので、窓の下の風景が近い。森の合間に点在する集落には、人の気配さえ感じられた。

濃い緑色をした森の地平線の上の青い空に、何かが浮かんでいた。見過ごしてしまいそうな透明な白いもの。目を凝らすと、それは昼間の丸い月だった。ふと幼い頃、月に向かって、どこまでも小径《こみち》を歩いたことを思い出した。デベソ村を離れてから夢遊しなくなったのは、なぜだろう?

きっと僕は、アソックと自分が違う世界にいることを、認めてもいいと思うようになったのかもしれない。

僕がはじめて見たイープンは雪に包まれていた。目が覚めるほど美しかった。綿毛のような結晶が空から舞い降りてきて、地上のいろんなものを真っ白に変えていく。結晶が重なりあって、静かに積もっていくその光景を、リュイに見せたいと思った。生まれた国では絶対に見ることができない、それは、それは美しいもの。

今では美しい雪の下に何があるのかを知っている。何日か経てば、必ず溶け、道がドロドロになって、とても汚くなるのも知っている。イープンにだって、いいところも悪いところもある。綺麗なところばかりではない。でもその全部をひっくるめてのイープンを、僕はとまどいながらも、受け入れようとしてきた。けれども身体の奥底にある違和感は、拭えなかった。リュイの手紙が、そのことを気づかせてくれた。

小刻みに外界の空気の流れが身体に伝わってくる。ゴーッというプロペラの音が一定のリズムで聞こえている。その音に呼応するかのように、僕の鼓動は高まっていた。

僕よりほんの少し背が高くて、おさげ髪。リュイのことを思い起こすときは、別れた時のリュイの面影のままだ。僕はあれからどれくらい背が伸びたのだろう。

もうすぐ僕は、生まれた国に帰る。リュイに会ったら、何から話したらいいのだろう。そうだ、まず背くらべをしよう。

それから先のことは、ゆっくり考えればいい。また一緒に同じ空を見上げることができるのだったら。

謝 孝浩 ［しゃ・たかひろ］
1962年長野県生まれ。文筆家・アスリート。標高6000メートルから海面下40メートルまで、幅広いフィールドワークを生かして、雑誌「コヨーテ」などで活躍中。著書に『スピティの谷へ』『カンボジアからやってきたワンディ』（以上、新潮社）、『風の足跡』（福音館書店）など。本書は初めての小説。
http://www.t3.rim.or.jp/~sha/

藍の空、雪の島
［あいのそら、ゆきのしま］
2006年2月14日　第1刷発行

著　者
謝 孝浩

発行者
新井敏記
発行所
株式会社スイッチ・パブリッシング
〒106-0047　東京都港区南麻布3-3-3
電話　03-5443-4170（代表）
印刷・製本
株式会社精興社

ISBN4-88418-023-2　C0093　Printed in Japan